Gered !

Haye van der Heyden

GERED!

 Leopold / Amsterdam

NEDERLANDSE
KINDERJURY
2006

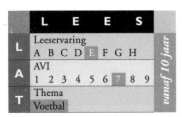

Toegekend door KPC Groep te 's-Hertogenbosch.

Eerste druk 2005

© 2005 tekst: Haye van der Heyden

Omslagillustratie: Joyce van Oorschot

Omslagontwerp: Rob Galema

Uitgeverij Leopold, Amsterdam / www.leopold.nl

ISBN 90 258 4885 0 / NUR 283

Inhoud

Grappen van Rover

Rick stond achteloos tegen de buitenmuur van de gymzaal geleund. Hij at een boterham en deed alsof hij naar de lucht keek. Leuk, die vogels daar boven. Interessant. Je moest toch iets doen als je alleen stond?

Iets van hem verwijderd stonden Jasmijn en Jim. Wat ze zeiden kon hij niet verstaan, wel hoorde hij haar steeds lachen. Jasmijn was zijn buurmeisje en Jim was de beste voetballer van de school. Hij en zijn tweelingbroer Jesse zaten zaten op voetbal bij Noordvogels. Iedereen ging graag met Jim en Jesse om. Logisch. En Jasmijn? Ach ja, Jasmijn.

'Wat heb jij op je brood?' Opeens stond Rover naast hem.

'Weet ik veel,' zei Rick, zo cool mogelijk.

'Hallo. Weet je niet eens wat je op je brood hebt? Dat proef je toch?'

'Worst. Boterhamworst.'

'Ik pindakaas. Ik haat pindakaas. Ruilen?'

'Nee.'

'Hoeveel boterhammen heb je bij je?'

Rick zuchtte. 'Drie.'

'Ook niet veel voor als je zo dik bent.'

'Hou je kop toch. Ik ben helemaal niet dik.'

Rover heette Jan-Willem, maar iedereen noemde hem Rover. Waarom wist niemand. Hij zelf ook niet. Het was gewoon Rover.

'Ik vind pindakaas iets voor kleine kinderen. Mijn moeder maakt ze altijd met pindakaas omdat dat lekker snel klaar is. Omdat ze altijd haast heeft. Dan zeg ik: sta dan eerder op, dan heb je meer tijd.'

Rover was klein voor zijn leeftijd. En hij was vreemd. Anders. Iedereen kende hem, maar niemand ging echt met hem om. Rover was een geval apart.

'Maar ja, worst is ook zoiets,' babbelde hij door. 'Je gooit drie plakjes op een boterham, een andere boterham erbovenop en klaar. Ze zijn allemaal lui, die ouders van ons. En dan zeggen ze tegen ons dat we beter ons best moeten doen.'

Rick zag dat Jasmijn bij Jim wegliep. Ze keek nog even naar hem om en zei wat. Jim riep iets terug, waarop zij nog een keer lachte. Een heldere lach was het, die over het schoolplein klonk.

'Mooi is ze,' zei Rover. 'Heb je haar wel eens getekend?'

'Mwa,' zei Rick en hij haalde zijn schouders op. Iedereen zei altijd dat hij goed kon tekenen en dat was misschien ook wel zo, maar wat had je er aan? Als je tekende zat je alleen, een hele tijd achter elkaar, soms wel een uur of langer, en dan was je tekening klaar en dan zeiden ze: mooi, prachtig, geweldig. En dat was het dan.

'Ik betaal je een euro voor een tekening van haar.'

'Echt waar?'

'Echt waar. Ik heb nou Britney Spears aan de muur hangen. En Beyoncé. Ik wil Jasmijn ook. Maar van haar kan je geen posters kopen. Ik heb het nog gevraagd in de winkel, maar die man zei dat hij nog nooit van Jasmijn gehoord had.'

Rick keek Rover aan. Wat een raar kereltje was het toch. Was dit nou een grap? Hij keek zo ernstig.

Toen ging de bel.

'Doe je het of doe je het niet?'

'Wat?'

'Die tekening maken. Dat wil ik weten want anders koop ik iets anders voor die euro.'

Rick knikte. 'Oké, ik doe het.'

Samen schoven ze achter de andere kinderen aan de school binnen. Bij de deur stond Jasmijn op iemand te wachten. Toen hij langskwam keek ze naar hem en lachte.

'Hai Ricky,' zei ze.

'Hai Jasmijn.'

'Heb je het gehoord van Jim en Jesse? Ze zitten nu in de E1 van Noordvogels. Zullen we een keer gaan kijken?'

Dat was alles. En ze lachte er even bij. Ze groette hem altijd, natuurlijk, omdat hij haar buurjongen was. Dat was toch wel bijzonder, dat je de buurjongen van Jasmijn was. Dat gaf je een beetje extra.

'Oké,' zei Rick en Jasmijn liep door.

'Als je d'r bloot tekent betaal ik twee euro,' zei Rover, toen ze bijna bij de klas waren.

Pas toen kreeg Rick een kleur. Waarom dat was wist hij eigenlijk niet.

'Geintje,' zei Rover. 'Zet dat stoplicht maar weer op groen.' Lachend liep hij de klas binnen, terwijl hij rare klanken uitstootte en vreemde danspasjes maakte. Niemand keek ervan op. Dat was Rover.

Tijdens rekenen moest Rick steeds aan Jasmijn denken, zoals wel vaker. Hoe zou hij haar willen tekenen? Misschien zoals ze omkeek naar Jim, haar gezicht half achter haar haar verborgen. Dat was heel mooi. In zijn hoofd had hij er een foto van gemaakt. Zo prachtig was die blik. Was Jasmijn met Jim? Vast wel. Zij was het mooiste meisje van de school en hij de beste voetballer. Kinderen die populair waren gingen altijd met elkaar. En dan bleef de rest over. De dommen en de dikken en de stotteraars. Die mogen er een tekening van maken.

Rick zat alleen op zijn kamer en tekende. Hoe lang was hij al bezig? Een half uur, misschien iets langer. Maar het ging goed. Het ging zelfs heel gemakkelijk. De vorm van haar gezicht, haar neus, het haar, het lukte allemaal prima. Alles was goed, behalve één ding, of liever gezegd, twee dingen: de ogen. Die lukten niet. Wat hij ook deed, de ogen leken niet op die van Jasmijn. Hoe teken je iemands ogen? Wat moest je aan ogen doen zodat je zag van wie ze waren? Steeds gumde hij uit wat hij had, om opnieuw te beginnen, maar steeds was hij niet tevreden.

'Shit!' Hij gooide zijn potlood door de kamer. Dat had hij niet vaak, dat het niet lukte.

Buiten hoorde hij een lach. Hij liep naar het raam en keek naar buiten. Op het grasveld achter haar huis speelde Jasmijn met haar hond Polly. Ze gooide een bal en liet Polly zo hoog mogelijk springen om 'm te vangen.

Rick keek even toe. Moest hij samen met Jasmijn op Noordvogels naar Jim en Jesse gaan kijken? En dan zeker zien hoe verliefd ze op Jim was. Nee zeg.

Ben ik dik, vroeg hij zich af. Toch niet echt? Of wel?

Haar ogen kon hij niet goed zien op deze afstand.

Voetbaltalent

'Pap, ik mocht toch op voetballen?'

'Ik heb je opgegeven.'

'Maar de andere jongens hebben al gehoord in welk team ze zitten.'

'Welke jongens?'

'Jongens op school.'

'Maar jij speelt toch helemaal niet met die jongens die op voetbal zitten,' bemoeide zijn moeder zich ermee.

'Laat dat nou maar,' zei zijn vader. 'Daar hebben we het nou al honderd keer over gehad.'

'Ik wil gewoon op voetbal,' zei Rick. 'Dat wil ik gewoon.'

Toen hij even later televisie zat te kijken in het kleine studeerkamertje hoorde hij zijn ouders in de kamer ruziemaken. Ze deden zo zacht mogelijk, toch kon hij horen dat het ruzie was. En het ging over hem. Dat wist hij zeker.

Wat was nou eigenlijk het probleem, vroeg hij zich af. Waarom zou hij niet op voetbal mogen?

'Ga je zo naar boven?' vroeg zijn moeder om half negen.

'Even dit afkijken.'

'Nee Rick. Het is elke avond te laat. Ga nou.'

'Nog vijf minuten.'

'Oké dan. Nog vijf minuten.'

Ze kwam even naast hem zitten. Hij leunde tegen haar aan en rook haar luchtje. Vanaf dat hij een baby was droeg zijn moeder hetzelfde parfum. *Must* heette het. Dat wist hij. Later als hij ging trouwen moest zijn vrouw ook *Must* dragen. Dan zou hij voor altijd van haar houden.

'Kom nu,' zei zijn moeder tien minuten later. 'Nu moet je echt naar boven.'

Na het douchen en het tandenpoetsen ging hij zijn bed in. Zijn moeder liep weer naar beneden en zijn vader kwam nog even een kus brengen.

'Pap, waarom willen jullie niet dat ik op voetbal ga? Dat is toch gezond en zo?'

'We willen best dat je op voetbal gaat, jongen. Alleen we maken ons zorgen dat je daar misschien geen vrienden hebt.'

'Op een tekenclub heb ik ook geen vrienden.'

Zijn ouders wilden de hele tijd dat hij op tekenles zou gaan of op een tekenclub, als dat tenminste bestond. Stom gedoe. Waarom moest hij nou van iedereen gaan tekenen? En daar heb je toch geen club voor? Ga je met zijn allen zitten tekenen en daarna ga je weer naar huis? Niks aan.

'Toch is dat wat anders. Daar heb je talent voor. Dat moet je gebruiken.'

'Voor voetbal heb ik ook talent. Dat weet ik zeker.'

Zijn vader antwoordde niet. Waarom niet? Was-ie soms bang voor blessures of zo?

'Jullie zeggen altijd dat ik wat aan sport zou moeten doen. En dan wil ik het en dan is het weer niet goed.'

'Het is wel goed. Als jij zo graag op voetbal wilt, moet jij dat lekker doen. Ik zal nog eens even bellen. En nu gaan slapen.'

Zijn vader gaf hem een kus en vertrok naar beneden.

Rick lag in het donker en luisterde. Werd er nog ruzie

gemaakt? Zo te horen niet. Wel dacht hij zijn vader even harder te horen praten dan anders. Aan de telefoon met Noordvogels, hoopte hij.

Die nacht speelde hij in het Nederlands elftal, in een wedstrijd tegen Duitsland. Om de Europacup. Hij speelde spits, met Jim en Jesse op de vleugels. Ze wonnen met vier-nul, waarvan hij er twee scoorde en Jim en Jesse ieder één. Op de tribune stonden honderden, nee duizenden Jasmijnen, allemaal in dezelfde kleren en met hetzelfde golvende haar. En ze lachten, zwaaiden en juichten. Alleen, en dat was eng, ze hadden geen ogen, geen van allen. Daar waar normaal de ogen waren, zaten nu twee zwarte gaten. Het zag er afschuwelijk uit, zo afschuwelijk dat Rick er wakker van werd en ontdekte dat hij thuis in zijn bed lag.

Gelukkig maar. Of niet?

Wat zou hij liever willen, veilig in zijn bed met in het huis naast hem de echte Jasmijn met ogen, of daar in dat stadion, als spits in het Nederlands elftal, met om hem heen duizenden Jasmijnen zonder ogen?

Moeilijke keus.

Het laagste team

'Hé Ricky. Ook op voetbal?'

'Rover! Zit jij ook in dit team?'

De jongens gaven elkaar een hand.

'Ik moest van mijn vader op een sport,' zei Rover. 'Hockey leek me niks, met dat end hout en die harde bal. Voor volleybal ben ik veel te klein en zwemmen is me te nat. Dus dan maar voetbal. Daar kan je tenminste je handen bij in je zak houden.' Hij lachte.

Het was de eerste training van Noordvogels E8. Negen jongens stonden klaar op het achterste veld, dicht bij waar het bos begon. Een paar kenden elkaar, dat kon je duidelijk zien. Die stonden al te lachen en te praten.

'Dit is het laagste team van de E,' zei Rover zacht. 'Wij zijn het slechtst van allemaal.' Hij grijnsde.

Rick antwoordde niet. Hij keek naar de lange figuur die met trage pas en een net met ballen vanuit het clubhuis hun kant op kwam. Daar was de trainer. Moest je bang zijn voor een trainer? Hij wist het niet.

'Schaken wou ik wel. Maar dat is geen sport, zegt mijn vader,' ratelde Rover verder. 'Terwijl in de krant staat dat het denksport is. Dus toch een sport. Maar dan kan je net zo goed op Monopoly gaan, zei mijn moeder. Goed idee, zei ik. Maar nee, ze wilden dat ik iets ging doen waarbij ik moest rennen. Ze denken dat dat gezond is.'

De trainer liep tot een meter of tien van de jongens af, legde het net met ballen neer en keek ernstig naar de groep. 'Zo. Dat is het dus,' zei hij en zuchtte. Hij wachtte even, keek naar de lucht en zei toen: 'Ik ben Ben en ik ben jullie trainer. De trainer van de E 8. Jullie zijn het laagste E-team van Noordvogels. Ik ben de trainer van het laagste team.'

'Zie je wel,' siste Rover. 'Wij zijn de *losers*.'

'Jullie zijn dus niet zo goed, denken ze. We zullen eens kijken of dat waar is,' zei Ben. Hij pakte een bal uit het net, gooide die de lucht in en ving hem op de bovenkant van zijn voet. De bal bleef doodstil liggen.

'Ga allemaal maar eens even op een rijtje staan. Dan schiet ik een bal naar jullie toe, die moet je dan stoppen en naar me terug schieten. Begrepen?'

Niemand gaf antwoord. De jongens schoven naast elkaar op een rij. Rover en Rick stonden ergens in het midden, naast elkaar.

'Verder uit elkaar, verder uit elkaar,' brulde Ben.

De jongens schoven op. Rover praatte gewoon verder.

'Volgens mij is sport helemaal niet gezond.'

'Komt-ie,' schreeuwde Ben en hij schopte de eerste bal naar een lange jongen die helemaal links stond. Die stopte de bal met de zijkant van zijn voet en schopte 'm terug. Keurig vlak voor de voeten van Ben. Rick keek ernaar en zijn hart bonkte. Zou hij dat ook kunnen?

'Volgende!' riep Ben en trapte de bal naar de jongen die naast de lange jongen stond.

'Een mens heeft vijf miljard hartslagen en dan gaat-ie dood. Als je gaat hardlopen, gaat je hart sneller bonzen, dus ben je eerder aan die vijf miljard,' zei Rover.

'Volgende!'

'Van inspanning ga je eerder dood. Dus sport is ongezond.'

'Niet lullen jij, maar voetballen!' Ben schopte de bal naar Rover.

Die keek hoe het ding naar hem toe rolde, bukte zich en pakte de bal in zijn handen.

'Wat doe je nou?' brulde de trainer.

'Dus dit is nou een voetbal.' Rover bekeek het ding aandachtig. 'Interessant.'

'Wat is dit nou?' Ben keek boos. 'Het is voetbal. Voetbal. Dus je moet de bal met de voet spelen. Niet met je handen. Anders zou het wel handbal hebben geheten. Denk je niet?'

'Wist u dat deze leren voetballen gemaakt worden door kleine kinderen in arme landen? Die moeten de hele dag die voetballen maken. Stukken leer aan elkaar naaien. En ze krijgen er bijna niks voor. Erg he?'

Er viel een doodse stilte. Ook de vogels in de bomen hielden op met fluiten. Ben leek versteend. Zijn mond hing open en hij staarde Rover aan.

'Het is echt waar. Dat heb ik gezien op Discovery,' sprak die plechtig.

Rick keek even opzij. Vond Rover het niet belangrijk wat anderen van hem vonden? De lange jongen helemaal links stapte uit de rij. 'Hij is zeker de keeper, trainer.'

'Verdomd,' brulde Ben. 'Natuurlijk. Dit is onze keeper. Beetje klein keepertje, maar oké. Gooi de bal maar, keepertje.'

Rover liet de bal voor zijn voeten vallen en schopte 'm terug naar Ben. 'Komt-ie.'

Rover is gewoon niet bang voor andere jongens, dacht Rick, en niet bang voor een trainer.

'Nou jij!'

Ben keek hem kort aan en gaf de bal weer een flinke trap, nu een stuk harder, leek het. In een fractie van een seconde voelde Rick hoe het zweet hem uitbrak.

Hij volgde de bal, tilde zijn voet op om 'm er vlak vóór neer te zetten, maar het ding rolde er precies onderdoor, achter hem van het veld af, het bos in.

Hard gelach klonk.

Rick draaide zich om en rende naar de bal toe. Hij gooide 'm omhoog en trapte 'm de lucht in, in de richting van Ben. Maar de aan elkaar genaaide stukken leer vlogen omhoog en belandden in de takken van een boom.

Het gelach klonk nu nog harder en nog hatelijker.

'Maar goed dat hij de keeper niet is,' riep de lange jongen. 'Hij kan niet stoppen en hij kan niet uittrappen.'

Ben kwam aanrennen om aan de takken te schudden. Met een plof viel de bal eruit.

'Niet mee bemoeien jij,' riep Ben. 'Ik ben hier de trainer.'

Rick liep met een rood hoofd terug naar zijn plaats.

Nadat iedereen de bal een keer had gestopt en geschoten – de meesten deden dat prima – gingen ze twee aan twee een paar oefeningen doen. Overtrappen, elkaar proberen de bal af te pakken en met de bal aan de voet om pionnetjes heen lopen. Rick hoopte dat Rover met hem wilde en die zocht hem inderdaad meteen op.

'Het slaat nergens op,' rebbelde Rover tijdens het oefenen. 'Sommige mensen zijn hun hele leven met zo'n spelletje bezig. Je ziet ze zelfs huilen als ze verloren hebben.'

Rick had geen tijd om te praten. Hij was bezig vreselijk goed zijn best te doen. Nu hij met Rover oefende ging het beter, maar het leek wel of niemand het zag als hij het goed deed. En als hij weer eens mis trapte stond iedereen toevallig stil om naar hem te kijken.

'Je kunt er wel rijk van worden. Dat wel,' hijgde Rover met de bal aan zijn voet. 'Tenminste, als je het goed kan. Dus wij niet.' Hij lachte en trapte de bal hard de verkeerde kant op. 'O jee, wat doe ik nou.'

Na de oefeningen gingen ze een partijtje spelen. De lange jongen en Ben waren de aanvoerders van de teams en mochten om de beurt iemand kiezen. Rick bleef als laatste over. De lange was aan de beurt.

'Nou ja oké,' zei die. 'Dan is die dikke dus nog voor mij.'

Een stevig postuur

De training was afgelopen en Rick stond op zijn vader te wachten op het parkeerterreintje. Alle andere jongens waren al vertrokken. Ze waren opgehaald of zelf met de fiets gegaan. Die woonden zeker vlak bij. Alleen Rover had iets tegen 'm gezegd: 'Tot morgen'.

De andere jongens hadden gedaan of hij lucht was. Ze praatten en lachten met elkaar en hadden niet eens naar Rick gekeken. Logisch. Hij was ook zo slecht geweest tijdens het partijtje. Steeds had hij achter de bal aan gerend, maar elke keer was hij te langzaam of te laat geweest. De andere jongens konden ongelofelijk hard lopen, vond hij, niet normaal gewoon.

Twee keer had hij de bal voor zijn voeten gekregen, maar dan was de paniek toegeslagen en had hij het ding zomaar een wilde trap gegeven. De ene keer was het de verkeerde kant op geweest, in de richting van zijn eigen goal, en de andere keer ging-ie over de zijlijn. Hij schaamde zich dood.

Het begon te regenen. En niet zo'n beetje ook. Waar bleef die auto nou?

Wacht. Rick maakte zijn nieuwe voetbaltas open en pakte uit het binnenzijvakje zijn mobieltje. Misschien stond zijn vader in de file en had hij een s m s-je gestuurd. Terwijl hij bezig was het telefoontje met zijn pincode op te starten, zag hij aan de overkant van de straat een man naar hem kijken.

Oppassen, altijd oppassen met onbekende mannen, had hij geleerd. Er gebeurden soms de engste dingen.

Piep piep. Ja hoor, een s m s-je.

Zit in file, kom over half uur.

Shit. Een half uur. Daar was-ie mooi klaar mee. Naar huis lopen was veel te ver. Rick keek om zich heen, hij moest toch ergens kunnen schuilen?

Hij zag dat de man aan de overkant een beweging maakte. Hij wenkte. Naar hem? Rick keek om zich heen. Niemand te zien. Logisch, met dit weer. Ja, de man wenkte. Moest hij dat nou doen? Dat deed je toch niet? Je ging toch niet bij een vreemde man naar binnen?

De regen kwam inmiddels met bakken uit de hemel. Mooie boel.

De man achter het raam verliet zijn plek, schuifelde de kamer in. Rick zocht beschutting onder een boom, maar dat hielp weinig. Het water drupte met vette klodders door de bladeren heen en kletste op zijn hoofd en in zijn nek.

Aan de overkant ging nu de voordeur van het huis open. De man zwaaide.

'Kom even binnen wachten. Je wordt drijfnat!' riep hij met een zwakke stem.

Rick aarzelde nog even, pakte vervolgens zijn tas en stak de straat over.

'Trek even die jas uit, dan stop ik 'm in de droger.'

De stem van de man leek op die van die oude kerel uit de lievelingsfilm van zijn vader: *The Godfather*. Heel hees, maar heel mooi.

'Oké,' zei Rick. Hij was niet bang. De man liep slecht en keek vriendelijk uit zijn ogen.

'Ik heet André.'

'Rick. Ik ben Rick.' Hij zette zijn voetbaltas neer en trok zijn jas uit. André pakte hem aan en liep ermee naar de keuken.

'Ga maar naar binnen,' raspte hij. 'Ik kom zo.'

Rick liep de kamer in. Daar rook het vreemd, een zoete geur, vond Rick. De muren hingen vol met kleine brede pentekeningen en messen, van lange rechte tot kapmessen in de vorm van een maantje.

Toch maar bang worden? Ach nee.

André kwam binnen. Hij zag dat Rick naar de messen keek.

'Mooi he?' zei hij. 'Die komen uit Indonesië. Mijn vrouw kwam daar vandaan. Ze is er niet meer. Ze is dood.'

Rick knikte. Als je oud wordt, kun je doodgaan.

'Heb je gevoetbald?'

Hij knikte. 'Het was mijn eerste training. Ik zit in E8.'

'E8. Zozo. Ja ja. En nu stond je op je vader te wachten?'

'Die staat in de file.'

'Ga maar bij het raam zitten, dan kan je zien of-ie eraan komt. Wil je een kopje thee of iets anders?'

'Liever een glas water,' zei Rick beleefd. 'Ik heb een beetje dorst.'

'Logisch'. André stond op. 'Je hebt gevoetbald. Mag het ook cola zijn?'

Rick knikte. Natuurlijk. Uit zijn broekzak pakte hij zijn mobiel en begon te SMS-en.

'Even mijn vader zeggen dat ik hier zit.'

André was al weer naar de keuken.

Zt n d ovrknt b iemnd. zi wl ls j r bnt, tikte hij.

Vanuit de keuken klonk getinkel van servies en glazen.

Zou het door die geur komen dat Rick zich opeens zo rustig voelde? Alle paniek en onrust van de training waren verdwenen. Hij zat hier veilig en warm.

André kwam binnen met een enorm glas cola voor hem.

'Hou je van voetbal?'

Rick knikte. 'Heel veel.'

'Ben je goed?'

Omdat hij aan het drinken was, had hij de tijd om even na te denken over wat hij zou gaan antwoorden. 'Nee,' zei hij, toen hij de helft van de inhoud van het glas naar binnen had geklokt. 'Helemaal niet. Maar ik wil wel goed worden.'

'En op welke plek sta je? Verdediging? Middenveld?'

'Spits,' zei Rick. 'Ik wil graag in de spits.'

'Oooooo,' zei André. 'Je wilt graag in de spits. En dan ben je zeker de enige van je team?' Hij glimlachte en hield Rick een trommel voor.

'Weet je wat spekkoek is?'

Rick wist het niet, maar nam toch een stukje en stak dat in zijn mond.

'Lekker?'

'Heerlijk.'

'Is ook uit Indonesië. Zie je? Allemaal laagjes koek op elkaar.'

Rick zag het. Was vast een heel werk, om zoiets te maken.

'Weet je,' zei André. 'De meeste mensen willen iets zijn dat ze niet zijn. Willen dingen doen die ze niet zo goed kunnen. Terwijl ze de dingen die ze wel kunnen, niet willen.'

Rick begreep niet wat hij bedoelde en hield dus nog maar even zijn mond.

'Ik bedoel, zoals met voetbal,' vervolgde de man. 'Het zou best kunnen dat jij helemaal geen spits bent, maar verdediger. Je ziet er voor mij meer uit als een verdediger. Stevig postuur. Neem nog een stukje.'

Rick nam nog een stuk spekkoek. Misschien had André gelijk. Iedereen wilde in de spits. Hij kon waarschijnlijk beter verdediger worden.

'Daar is mijn vader'. Hij wees naar buiten.

'Je jas zal wel droog zijn,' zei André.

De ogen van Jasmijn

'Ik vond die voetbaltraining stom,' zei Rover. 'Maar mijn vader niet. Die heeft de hele avond door het huis lopen zingen. Hij denkt zeker dat ik later bij Ajax ga en dan heel veel geld ga verdienen. Zodat ik voor hem een Porsche kan kopen. Nou, mooi niet.'

Rick luisterde maar half. Verderop stond Jasmijn met een vriendin te praten. Hij probeerde haar ogen te zien. Hij wilde weten wat er in die ogen was dat hij niet kon tekenen. Gisteravond, na de training, had hij de tekening weer tevoorschijn gehaald en nog eens geprobeerd de ogen er in te maken. Steeds waren het ogen, dat wel, en ook mooi getekend, maar het waren niet die van Jasmijn. Daar zat een geheim achter. Maar wat?

'Mijn vader wil een Porsche. Dat is omdat-ie nu kaal geworden is, zegt mijn moeder. Als-ie een Porsche heeft kijken de meisjes weer naar 'm, zegt ze.' Rover lachte. 'Mijn vader is een sukkel. Maar dat is vast erfelijk, dus word ik ook een sukkel. En jij? Luister je wel?'

'Hè? Wat?'

'Je luistert helemaal niet. Sta je weer naar Jasmijn te loeren? Heb je die tekening nou al gemaakt?'

'Ik ben er mee bezig,' zei Rick. 'Die euro is voor mij.'

Samen keken ze even naar het groepje verderop. Totdat een meisje het door had en Jasmijn aanstootte. Die keek om.

Snel draaide Rick zijn hoofd de andere kant op

'Vond jij dat voetbal leuk?' vroeg Rover.

'Best wel. Het ging alleen niet zo goed.'

'Ik vond jou best goed. Jij deed tenminste je best.' Rover keek weer naar de groep meisjes en zwaaide. Niemand zwaaide terug.

Rick bedacht opeens dat het misschien niet goed was dat hij bij Rover stond. Iedereen vond Rover raar en als je met iemand omging die raar was, dan was je zelf ook raar. Je moest omgaan met de *coole* jongens. Maar ja.

'Ik ga bij een wedstrijd de bal een keer voor de grap in ons eigen doel schieten,' grijnsde Rover. 'Moet je eens kijken hoe kwaad ze dan worden, die eikeltjes. Zaterdag spelen we al, hè? Zei mijn vader. Elf uur. Thuis. Tegen Binnenboys E6. Vast ook een stelletje *losers*.'

Rick keek verschrikt op. Een wedstrijd? Zaterdag?

'Wist je dat niet? We spelen elke zaterdag een wedstrijd. En elke woensdag trainen. Ik doe het tot aan de winterstop en dan ga ik op Mens-erger-je-niet. Veel leuker. Bij Mens-erger-je-niet kom ik vast ook in de E1.'

Rover liep weg. Even rende hij mee met een paar jongens die aan het voetballen waren. Hij onderschepte de bal, schoot hem ver de speelplaats op en holde de andere kant op. De jongens vloekten en scholden hem uit. Rover lachte.

Even stond Rick alleen. Shit. En toen keek Jasmijn ook nog om. Als vanzelf bukte hij, trok zijn veters los en maakte ze weer vast. Toen hij daar even snel van op keek, zag hij dat ze naar hem toe kwam lopen.

Shit.

'Hallo Rick,' zei Jasmijn met de lippen die hij precies zo getekend had.

'Hai.'

'Speel jij met Rover?'

'Nee. Soms praat ik even met 'm. Maar niet vaak. Hij komt altijd naast me staan. Kan ik ook niks aan doen.'

'Hij is heel anders dan de andere jongens. Best leuk eigenlijk,' zei Jasmijn langzaam en ze keek in de richting waarin Rover verdwenen was.

Rick voelde dat hij kleurde. 'Ja, dat is zo,' stotterde hij. 'Hij is wel heel anders, ja.'

Zou ze nou verliefd zijn op Rover? Dat kon toch niet? Ze was toch met Jim? Wie wou er nou met Rover?

'Hij zit bij mij in het voetbalteam. Bij Noordvogels.'

Jasmijn keek verrast op. 'Zit jij ook op voetbal?'

'Dit jaar voor het eerst. In de E8. Ik begin net.'

'Goed van je!' riep Jasmijn, zo hard dat iedereen om hen heen opkeek. 'Ik ben gek op voetbal. Ik kijk op zondagavond altijd met mijn vader. Moet je zaterdag spelen?'

Rick knikte.

'En Rover zit ook in dat team? Leuk. Hoe laat spelen jullie? Dan kom ik kijken.'

Rick keek haar aan. Hij wist niks te zeggen. Dan kwam ze kijken?

Jim en Jesse

Toen Rick die zaterdag met zijn vader het voetbalterrein op liep zag hij meteen dat Jasmijn er was. Ze keek naar de wedstrijd op veld 2, waar de E1 speelde.

'Welk team is dat?' vroeg zijn vader aan een jongen.

'De E1.'

Zijn vader stond stil en keek even. 'Die zijn goed zeg. Zullen we even kijken? Kan wel. Het is pas kwart over tien.'

Rick wilde eigenlijk niet. Maar ja.

Er stonden meer mensen langs de lijn. Een groepje vaders van de tegenpartij stond geweldig te schreeuwen en te vloeken.

'Naar voren, Wesley! Naar voren! Wat dóé je nou? Daar staat toch niemand!'

'Pak die man, pák die man, pák die mán!'

'Breed Stanley, niet door het midden. Brééd!'

'Wat zijn we nou aan het doen, Kevin? Wat zijn we nou aan het doen? Zijn we postzegels aan het verzamelen of zo?'

'Hoeveel staat het?' vroeg Ricks vader aan een man op een uitklapstoeltje.

'Twee twee. En het is bijna afgelopen.'

'Spannend.'

Rick zag hoe Jim opeens de bal vlakbij zijn eigen doel oppikte. Hij rende ermee naar voren. Hij dolde twee man uit, week naar rechts uit en gaf hoog voor. Zijn tweelingbroer Jesse nam over en maakte met een geweldige omhaal een fabuleuze goal. Boven het geroep uit hoorde Rick de opgewonden stem van Jasmijn.

'Gooooooooal!'

'Niet te geloven, zeg,' zei vader. 'Dit lijkt wel profvoetbal. Wie zijn die jongens?'

'Jim en Jesse,' zei Rick. 'Zij zijn de besten van de E.' De vaders van de tegenpartij waren stil. Ze stonden dicht bij elkaar en keken naar de grond. Rick begreep wel hoe die zich voelden. Dat begreep hij heel goed.

'Hai Rick!' riep Jasmijn van een afstandje. 'Jullie spelen om elf uur, hè? Ik kom kijken hoor.' Haar haar golfde precies zoals op de tekening. Precies zo.

'Elf uur ja.'

Rick voelde hoe zijn vader van opzij naar hem keek. Het zweet brak hem uit. Was het wel zo verstandig geweest om te gaan voetballen? Zou dit een leuke zaterdag worden? Zat er niet echt in.

'Jongens, als die Binnenboys straks niet minstens met tien nul van ons winnen, dan zijn het *losers*.' Daar was Rover. Natuurlijk. Die kwam het nog even een stukje erger maken allemaal.

'Ik ga vast naar de kleedkamer,' lachte hij. 'Dat stomme pakje aan trekken. Ik loop graag zo lang mogelijk voor gek.' En hij huppelde richting clubhuis.

'En wie is dat?' vroeg vader.

'Rover. Hij heet eigenlijk Jan-Willem, maar iedereen noemt 'm Rover. Hij zit ook in mijn team.'

'Leuke knul. Gevoel voor humor.'

Tuurlijk, dacht Rick. Iedereen is leuk. Iedereen kan goed voetballen. Iedereen heeft een vette zaterdag. Behalve...

Het laatste fluitsignaal van de scheidsrechter klonk en de supporters en ouders van de Noordvogels langs de kant juichten even kort.

'Hey!'

'Dit is een prima begin,' zei de man op het stoeltje. 'Een prima begin.'

Rick zag hoe Jim en Jesse met de armen om elkaars schouders naar Jasmijn toe liepen.

'Mooie goal hè?' zei Jim.

'Briljante voorzet,' grijnsde Jesse.

'Ik ga me zo ook maar eens omkleden,' zei Rick tegen zijn vader.

Trilde zijn stem nou of leek dat maar zo?

Stop 'm af, zet ze vast

'Goed. Dus jullie daar spelen vóór, jullie achter en dan gaan jullie tweeën op het middenveld.' De trainer wees als laatste naar Rover en Rick.

Die keken elkaar aan.

'Middenveld!' riep Rover. 'Dat lijkt me prima. Dat is niet vóór en niet achter. Dat is dus eigenlijk niks. Dat lijkt me prima voor ons. Hè Rick?'

Rick lachte een beetje. Hij had pijn in zijn buik. En of je nou vóór, achter, op het middenveld of op de tribune stond, als je pijn in je buik had, had je pijn in je buik. Zou hij zeggen dat hij zich niet zo lekker voelde? Dat kon toch gebeuren? Iedereen voelde zich toch wel eens niet lekker?

'En denk er aan, jongens: overspelen, vanuit de breedte opbouwen, niet door het midden verdedigen en de vleugels gebruiken. Oké?'

Rick keek Ben aan. Waar had de trainer het over?

'En de mannen op het middenveld laten zich terugzakken als dat nodig is en komen op als dat kan. Begrepen?'

Rover lachte. 'Ik heb het begrepen. Als ze groter zijn dan wij, dan laten we ze door. En anders schoppen we ze tegen hun schenen.'

Er klonk van een afstandje een lach. Rick keek om. Inderdaad, dat was zijn vader.

'Daar zijn onze tegenstanders.'

Uit een kleedkamer onder het clubhuis stroomde een groep zwart-wit geklede jongens naar buiten. Oei. Die zagen er groot uit. En er waren ook flink wat donkere jongens bij. Shit hé. Die waren natuurlijk hartstikke goed.

'Hallo,' lachte Rover. 'Kunnen de Binnenboys niet binnen blijven? Volgens mij wordt het twintig-nul.'

De teams stelden zich op, op de helft van veld 3. Acht tegen acht. Gelukkig stonden er maar weinig supporters langs de lijn. Zijn vader en nog een paar anderen. En Jasmijn. Die stond er ook.

Niet naar kijken. Niet naar kijken.

De Binnenboys mochten aftrappen. De scheidsrechter legde de bal op de middenstip, deed een paar passen naar achteren en blies op zijn fluit. De midvoor van de Binnenboys wachtte een seconde, hakte toen het balletje naar achteren en rende zelf onmiddellijk naar voren. Zijn rastavlechtjes bungelden achter hem aan.

'Stop 'm af, stóp 'm áf,' brulde Ben vanaf de zijlijn.

Stop 'm af? Wat was dat? Rick stond aan de grond genageld. Hij zag de bal over zich heen vliegen. Toen hij zich omdraaide kon hij nog net zien hoe de jongen de bal aannam. Hij maakte een schijnbeweging naar rechts en week uit naar links. Hij haalde uit en... scoorde. Gejuich.

Goal? Goal. Hoe lang had dat geduurd? Misschien een halve minuut, dacht Rick. Nog niet eens. Maar gelukkig, het was niet zijn schuld.

'Rick, Rick,' hoorde hij Ben brullen. 'Stop die bal af. Zet ze vast daar op het midden. Zet ze vast!'

'Man, waar heb je het over?' lachte Rover zacht. 'We kunnen ze niet vastzetten want we hebben niks bij ons. Geen touw, niks.'

De scheidsrechter legde de bal opnieuw op de stip. Nu was het de beurt aan Noordvogels om af te trappen. De lange jongen uit Ricks team stond midvoor. Meteen na het fluitje hakte hij de bal naar achteren en rende zelf met een brul naar voren. Hij wilde dezelfde stunt uithalen.

'Diep! Dieeeep!!'

Het leek even of de tijd heel langzaam ging. In *slow motion*. Het geluid van de stemmen om Rick heen werd een laag gebrom. De bal rolde tergend langzaam naar hem toe. Het gaf hem alle tijd om na te denken. Wat moest hij doen? Simpel. De bal hoog naar voren schoppen naar de lange jongen. Simpel. Diep heette dat. Rick deed een stapje naar achteren, toen drie naar voren en haalde uit met zijn rechterbeen.

Vanaf dat moment ging alles weer op gewone snelheid. Zijn voet raakte niet de bal maar het gras. Hij viel voorover, rolde over de bal heen en schuurde met zijn gezicht over de grond.

Even lag hij stil. Om zich heen hoorde hij geschreeuw, gelach, gebrul. En in zijn ooghoek zag hij de jongen met de vlechtjes de bal een tikje opzij geven, drie man omspelen, en naar voren stormen.

Gegil, gebrul, geschreeuw.

Rick stond op en keek om zich heen. Waar was hij? Waar was Rover? Waar was het goal van de tegenstander? Waar was het goal van de Noordvogels?

O daar.

Beng. Die zat er weer in. Een kopbal. Shit. Twee-nul achter. Nu al.

Om hem heen zag Rick allemaal kwaaie gezichten, behalve één. Dat van Rover natuurlijk. Die juichte.

'Twee-nul, twee-nul!' riep hij blij en maakte een dansje. Die was echt gek geworden. Of nee, hij was het niet geworden, hij was het altijd al geweest. Niet leuk, Rover! Hou op! Rick zag hoe Ben zijn handen voor zijn gezicht hield. Zijn vader stond ernaast. Die zei net iets tegen Jasmijn, die daar hard om lachte.

Op dat moment wist Rick het zeker. Dit werd een ramp, een grote ramp. Dit werd de ergste zaterdag van zijn leven.

Een keeper maakt geen goals

In de rust stonden ze zeven-nul achter.

'Het valt me nog mee,' zei Ben in de kleedkamer. Maar hij keek niet blij. 'Elf-nul had ook gekund.'

Daarna vertelde hij allerlei dingen die Rick niet begreep. Wat hij wel begreep was dat ze het niet goed deden en vooral hij niet. Iedereen zei wel iets. Dat hij meer dit of meer dat en minder zus en minder zo. Ook de keeper, Jasper, kreeg flink op zijn lazer. Die deed zo'n beetje alles fout wat je maar fout kon doen: uitlopen als het niet moest en niet uitlopen als het wel moest. Over Rover werd niks gezegd, wat Rick erg oneerlijk vond, want die stond echt voor joker in het veld.

Het eerste stukje van de tweede helft stond Rick buiten het veld. Omdat ze met zijn negenen waren, konden ze allemaal om de beurt vijf minuten niet spelen. De meeste jongens gingen dan bij Ben staan, wachtend tot ze er weer in mochten, maar Rick deed dat niet. Zijn vader stond daar ook en Jasmijn. Liever niet dus.

Zijn vijf minuten duurden wat langer. Toen hij er halverwege de tweede helft weer in kwam, moest hij opeens in de verdediging spelen.

'Niet door het midden, niet door het midden,' werd er dan steeds naar hem geroepen. Rick was al blij als hij de bal een keer behoorlijk raakte. De andere keren viel hij of ze pakten hem de bal meteen af. Of hij schopte in het wilde weg en dat was dan meestal verkeerd. Want Ben bleef het maar roepen: 'Niet door het midden, niet door het midden!'

Het was inmiddels tien-nul geworden. Rover juichte.

'Tien, tien, tien!'

Toen Rick voor de zoveelste keer over de bal heen schopte en tegen het gras ging, zag hij dat Jasmijn iets tegen zijn vader zei en wegliep. Ze ging richting het clubhuis. Die had er duidelijk genoeg van.

'Niet door het midden!'

Wat Rick voelde, deed Jasper. Bij de elfde goal tegen barstte hij in tranen uit. De scheidsrechter stopte de wedstrijd. Hij wenkte Ben en liep met hem naar de huilende keeper toe. Even praatten ze, toen keek Ben het veld rond. Zijn blik bleef op Rick rusten.

'Ga jij maar even keepen.'

Wat? Ik? Keepen?

'Nu gaat het gebeuren,' zong Rover. 'Misschien winnen we nog wel met twaalf-elf.'

Rick kreeg een ander shirt aan en handschoenen die helemaal warm aanvoelden van binnen. Dat waren de zweethandjes van Jasper. Logisch, als je er elf had doorgelaten.

Rick durfde niet naar zijn vader te kijken. Nu zou het nog veel erger worden. Gelukkig was Jasmijn al weg.

Toen gebeurde er iets vreemds. Vanaf het moment dat Rick tussen die palen stond voelde hij zich rustiger. Het was net of hij nu in zijn eentje was. Alsof hij niet zijn best hoefde te doen voor de andere jongens, maar alleen voor zichzelf. Het goal was zijn kleine stukje veld en daar moest hij op passen. Dat was duidelijk. En Jasper had er al elf doorgelaten, dus veel erger kon het niet worden.

De eerste bal die Rick naar zich toe kreeg ketste op zijn elleboog en vloog daardoor over de lat.

'Goed zo, keep,' klonk het.

Goed zo, keep?

Het uittrappen ging mis. Hij kreeg de bal verkeerd op zijn schoen en die kwam precies voor de voeten van de donkere spits van de Binnenboys terecht.

Beng. Twaalf-nul. Shit.

Toch voelde hij niet weer die paniek. Dit was anders. Gewoon doorgaan. Blijven concentreren, gonsde het door zijn hoofd.

Rick wist in de laatste tien minuten twee keer een bal te stoppen. Hij liet er nog twee door. Die ene in de linkerbovenhoek, daar kon hij niks aan doen en die andere, dat was wel een erg hard schot, ook al was het dan precies op hem af!

De eindstand was veertien-nul. De Binnenboys en hun vaders juichten.

Na de wedstrijd mocht iedereen een penalty nemen en Rick had geluk. Er waren bij de tegenstander heel wat jongens die de bal over of naast schoten. Drie ging er in en twee wist hij tegen te houden.

'Niet slecht, jongen,' zei Ben na afloop. 'Je moet alleen wel leren uittrappen.'

Rick keek de trainer argwanend aan. Als die maar niet dacht dat hij altijd ging keepen! Keepen is niks! Een keeper maakt geen goals. Nee hoor, dit was even leuk, maar nooit weer.

Toen alles klaar was en ze op weg terug naar de kleedkamer gingen zag Rick Jasmijn boven in het clubhuis bij het raam zitten. Ze zat te lachen en keek even naar buiten. Toen ze hem zag, keek ze meteen weg.

'Ik vond het lekker gaan totdat jij ging keepen,' grapte Rover in de kleedkamer. 'Toen werd het echt een wedstrijd. Bah.'

De slechtste voetballer
van de hele wereld

Er werd die dag verder niet over voetbal gepraat. Niet toen ze thuis kwamen, Rick en zijn vader, niet die middag en niet bij het avondeten.

'Hoe was het?' vroeg zijn moeder nog wel.

'Verloren,' zei zijn vader. 'Geeft niet. Ze beginnen net.'

Hij zei niet: Rick is de aller-allerslechtste voetballer aller tijden. Rick is langzaam en dik, en kan geen bal raken. Hij zei ook niet: Rick weet niet eens welke kant hij op moet schieten! Hij zei het allemaal niet. En dat maakte het alleen nog maar erger.

's Middags bleef Rick op zijn kamer. Soms ging hij even op de vensterbank zitten om naar buiten te kijken. Daar was niets te zien, behalve om een uur of vijf. Toen zag hij Jasmijn en Polly spelen op het grasveld. Vroeger ging hij dan altijd naar beneden, gooide de bal een paar keer terug over de heg, totdat ze vroeg of hij mee wilde doen. Dan kroop hij door het gat in de schutting en speelde mee. De laatste tijd ging dat niet meer zo. En nu al zeker niet.

Hij wilde dat hij Jasmijn nooit meer tegen zou komen.

Tijdens het avondeten ging het over het weer en de nieuwe borden en over dingen die in de krant stonden. Zijn vader en moeder praatten over alles behalve over wat er die dag gebeurd was.

Na het eten was Rick op zijn kamer gaan playstationnen.

Dat was ook iets wat hij lang niet gedaan had. Tegenwoordig zat hij meestal op msn, maar daar had hij geen zin in. Rover zou ook wel on line zijn en die zou natuurlijk alles aan iedereen gaan lopen vertellen. Het was alsof hij er trots op was dat ze zo vreselijk verloren hadden. Die gast was echt niet goed bij zijn hoofd!

'Hoe laat ga jij naar bed?' vroeg zijn vader om negen uur.

'Nu,' zei Rick. Hij zette de playstation uit en ging zijn tanden poetsen. Als je zo slecht in voetbal bent, mag je geen grote bek opzetten. Zelfs niet tegen je eigen vader. Tien minuten later lag hij in bed, met het licht uit.

Eerst kwam zijn moeder hem nog een kus geven en daarna zijn vader. Die ging nog even bij hem zitten.

'Hé knul.'

Rick zweeg.

'Mensen hebben verschillende talenten. De een is goed op school, de ander niet. De een kan goed tekenen, de ander niet. En de een is goed in voetbal en de ander minder. Zo is het nou eenmaal.'

Rick zweeg. Hij wist waar dit naartoe ging.

'Jij bent goed op school,' vervolgde zijn vader voorzichtig. 'En je kunt ontzettend goed tekenen.'

Het was even stil.

'En ik ben de slechtste voetballer van de hele wereld,' zei Rick.

'Dat zou ik nou ook weer niet willen zeggen.'

'Ik wel. Want het is zo.'

Ik mag van iedereen alleen maar tekenen, dacht Rick. Doe jij maar niet mee, pak jij maar een stuk papier en ga maar tekenen! Dan hebben we tenminste geen last van je! Ik haat tekenen!

Zijn vader schraapte zijn keel. 'Mensen willen dingen doen die ze niet zo goed kunnen. Terwijl de dingen die ze wel kunnen, die willen ze niet.'

Hè? Die zin had Rick eerder gehoord. Vreemd. Dat had André precies zo gezegd. *Spooky.* Wacht eens even. Zou het een complot zijn? Zouden alle mensen hebben afgesproken dat ze dat tegen hem gingen zeggen? Hadden ze met zijn allen afgesproken dat hij niet moest voetballen? Natuurlijk. Zijn vader had niet in de file gezeten maar hem expres in de regen laten staan zodat André hem binnen zou roepen. Was het misschien allemaal zo afgesproken? Stel je voor!

'Ik was heel graag trompettist geworden,' zei z'n vader. 'Ik vind de klank van een trompet prachtig.'

Het leek wel of hij met tranen in zijn stem sprak. Nee, dat kon niet, besloot Rick. Dat kwam waarschijnlijk omdat hij zo zacht praatte. Dan wordt je stem een beetje krakerig.

'Jazz,' vervolgde hij. 'Dat had ik willen spelen. Mooie, zachte melodieuze liedjes. Zoals Chet Baker. Dat zegt jou niks natuurlijk, maar dat was een trompettist die fantastisch kon spelen. Hij is nou dood. Hij is in Amsterdam uit een raam gevallen.'

'Ook niet fijn,' zei Rick, waarop zijn vader in de lach schoot.

'Nee, dat is niet fijn.'

Toen zei hij niets meer en zat hij daar alleen maar. Wel lekker zo, dacht Rick, veilig in bed met zijn vader zo dichtbij. Even praten. Niks mis mee.

Maar hij moest niet denken dat het 'm ging lukken.

'Ik wil een heel goeie voetballer worden, pap,' zei hij ernstig. 'Dat wil ik echt.'

Een complot

Het regende. Op het terrein van Noordvogels was niemand. Behalve Rick. Hij had van huis een bal meegenomen en deed de ene oefening na de andere. Met de bal aan de voet heen en weer over het veld. Tikje met links, schuin naar voren, drie passen, tikje met rechts, schuin naar voren, en zo het hele veld over. Daarna gaf hij een dieptepass, rende hard achter de bal aan, nam hem mee naar de zijkant en gaf vóór, keihard rende hij erachteraan tot bij het doel en dan scoorde hij. Keer op keer. Daarna oefende hij balletje hoog houden, wat nog niet goed lukte. Terwijl hij de ene oefening deed, bedacht hij de andere.

Die regen, dat was alleen maar goed. Hoe kouder het is, des te harder je moet werken om warm te blijven, sprak hij zichzelf toe. Hoe harder je werkt, des te meer calorieën je verbrandt. Hoe meer calorieën je verbrandt, des te dunner je wordt. Hoe dunner je wordt, des te harder je kan lopen. Hoe harder je loopt, des te beter je kan voetballen. Die regen was prima. Had hij het koud? Heel goed. Wilde hij ophouden? Vast. Heel goed. Doorgaan dus.

Toen hij naar de hoek van het veld liep om corners te gaan nemen, zag hij opeens iemand. Een donkere figuur kwam vanaf de parkeerplaats het terrein op lopen. Iemand van de club zeker. Nu zou hij worden weggestuurd. Rick besloot te doen of hij niks zag.

Hij nam een korte aanloop, schoot de bal zo hoog mogelijk vóór, rende er dan achteraan en scoorde.

Toen hij terugliep zag hij dat het André was. Hij droeg een
lange regenjas en een paraplu.

'Wat ben jij nou aan het doen?' raspte de versleten stem.

'Trainen.'

'In je eentje! Met dit weer!'

Rick haalde zijn schouders op. Wat moest hij er verder
over zeggen? In zijn eentje, ja, en met dit weer, ja. Waarom
bemoeide iedereen zich toch zo met hem?

'Ga maar verder, hoor,' zei André. 'Vind je het goed dat ik
even kijk?'

'Ja hoor.'

Even dacht Rick na. Toen besloot hij een oefening te doen
die hij al gedaan had. Het moest er wel een beetje echt uit
zien.

Tikje met links, schuin naar voren, drie passen, tikje met
rechts schuin naar voren. En zo het hele veld over. Tot het
eind, daar omdraaien, even rusten. Hij keek even op.

André stond roerloos aan de andere kant. Als een stand-
beeld. Zou er een complot zijn? Zou André nu bedenken wat
hij kon zeggen om Rick van het voetballen af te krijgen?

Oké, nu weer terug. Tikje met rechts, schuin naar voren,
drie passen, tikje met links schuin naar voren.

'Goeie oefening,' zei André toen hij dichterbij kwam.
'Altijd goed voor de balcontrole.'

'Ja,' hijgde Rick. 'Weet ik.'

'Als je het koud krijgt, moet je maar weer even komen
opwarmen'. André draaide zich om en liep terug naar huis.

Hangende spits

'Ga even zitten, jongens,' zei Ben de volgende middag aan het begin van de training.

Het gras was nog nat, maar alle jongens gingen zitten.

'Zitvoetbal!' riep Rover. Niemand lachte.

'Dat was natuurlijk niet best, mannen, afgelopen zaterdag. Dat is duidelijk.'

De groep zweeg. Rick keek naar de grond. Zijn hart bonsde in zijn keel. Daar zou je het hebben.

'Het middenveld is waardeloos,' zei de lange jongen. 'Daar vallen allemaal gaten.'

'Er vallen overal gaten,' sprak Ben. 'Niet alleen op het middenveld. Jullie spelen nog niet als een team. Maar dat kan ook niet. We zijn net bezig.'

Hij keek naar de lucht.

'Als jullie mij nou eens achter het doel zetten. Als vaste uitvaller,' riep Rover. 'Dan gaat het vast beter.'

Weer geen reactie. Niemand durfde ooit iets tegen hem te zeggen. Hoe kwam dat toch?

'Ik denk inderdaad dat we nog wel iets aan de opstelling kunnen doen,' zei Ben langzaam.

'Ik ga niet meer keepen,' zei Jasper. 'Nooit meer.'

Er viel een stilte.

'Laat die dikke maar keepen,' zei de lange jongen.

'Beetje rustig jij,' zei Ben streng. 'Hij heet Rick.' Even blikte hij weer naar boven. 'Maar het is op zich wel een idee,' zei hij toen. 'Toch?'

Rick voelde het bloed naar zijn hoofd stijgen. Natuurlijk, dit hoorde bij het complot. Hij vertikte het om zich te laten opbergen achter papier en potloden, daarom probeerden ze hem nu weg te schuiven tussen de palen van het doel. Als-ie maar weg was.

'Wat vind je daar zelf van?' vroeg Ben.

Alle ogen draaiden zijn kant op. Niemand zei iets. Zelfs Rover niet.

'Ik wil niet keepen,' fluisterde Rick.

'Wat?'

'Wat zei-die?'

'Hij wil niet keepen.'

'Shit hé.'

'Maar hij gaat niet op het middenveld, hoor. Dat kan niet. Dat kan gewoon niet.'

'Rustig, rustig,' riep Ben. 'Als Rick niet wil keepen, dan wil hij niet keepen.'

'Ik wil in de spits,' zei Rick, zo stevig mogelijk.

Even bleef het stil. Toen begonnen de anderen te joelen.

'Hij wil in de spits.'

'Tuurlijk. Midvoor.'

'Gaan we met zijn allen achter en gaat hij alleen vóór.'

Rick voelde dat hij rood werd. 'Ik wil gewoon in de spits,' stamelde hij nog eens.

'Stil! Stilte!' riep Ben. 'Stil nou.'

'Ik blijf midvoor,' zei de lange jongen. 'Ik ben gewoon de beste, dus ik sta midvoor.'

'Hoeveel doelpunten heb jij dan gemaakt zaterdag?' vroeg Rover.

'Als ik geen voorzetten krijg, kan ik ook geen doelpunten maken.'

'Stilte,' riep Ben nog eens. 'Stilte.'

Hij tuurde weer naar hemel. Alsof daar het antwoord vandaan zou kunnen komen.

'Stil nou even.'

De jongens zwegen.

'Jullie willen allemaal in de spits. Dat willen alle jongens. Maar voetbal is een teamsport. We hebben verdedigers nodig, middenvelders, vleugelspelers. En iedereen mag wel eens in de spits spelen, maar we moeten een basisopstelling hebben. Laten we eens even kijken wat de mogelijkheden zijn. Wie wil er verdedigen?'

Stilte.

'Kom op nou. Een goeie verdediger is goud waard!'

Twee jongens staken aarzelend hun hand op.

'Mooi,' zei Ben. 'Dan hebben we in ieder geval twee vaste verdedigers. Meeuwis en Timo.' Hij pakte een schrift en een pen en schreef het op. 'En Matthias gaat dus midvoor,' ging hij verder. 'Hij gaat allemaal doelpunten maken, want hij is de beste van jullie allemaal. We zullen zien.'

Er werd gejoeld.

'Iemand moet het toch doen?' riep Matthias.

Ben maakte aantekeningen. 'Wie gaat er op de vleugels? Daan?'

Daan knikte.

'Rechts of links?'

Al snel was iedereen ingedeeld, behalve Rover en Rick.

'Dan zijn jullie tweeën nog over.'

'Kan ik niet het gras maaien?' vroeg Rover.

Nu werd er gelachen.

44

'Wat hebben we nog over?' De trainer keek op zijn papiertje. 'Keeper en middenveld.'

'Ik wil in de spits,' zei Rick.

'Dat weten we nou wel,' zei Ben.

'Wacht maar. Ho maar. Ik ga wel keepen,' zei Rover. 'Maar dan wil ik wel een speciaal pakje. Met een leuk kleurtje. Geel of zo. Of oranje. En vette handschoenen.'

'Rover gaat keepen.' Ben keek naar de lucht, zuchtte even en zei toen: 'Dan zijn we eruit. Dan wordt Rick hangende spits. Opkomende middenvelder. Vlak achter Matthias. Maar bij een aanval van de tegenstander moet je je wel laten terugzakken. Oké?'

Rick knikte. 'Oké,' zei hij.

Opkomende middenvelder. Hangende spits. Oké. Prima. Vlak achter Matthias. Oei.

'Gadver,' zei Ben toen hij opstond. 'Ik heb helemaal een natte reet.'

Je moet doen wat je wilt

André zat in het zonnetje voor zijn huis. Rick stak de straat over en liep naar hem toe. Voorzichtig met die noppen op het asfalt, zei hij tegen zichzelf, je glijdt zo uit.

'Zit je vader weer in de file?'

'We zijn wat vroeger opgehouden met trainen. We hebben de opstelling gemaakt.'

'Wat sta jij?'

'Ophangende spits.'

'Ophangende spits?' André lachte. 'Wat is dat?'

'Of hoe heet dat.'

'Ik ken opkomende middenvelders en hangende spitsen.'

'O ja. Dat was het. Ik ben allebei.'

'Zo zo. Allebei. Ja ja.'

André zweeg verder.

Verrek, zag Rick, hij kijkt ook naar de lucht. Wat betekent dat?

'Ze wilden me keeper maken, maar dat wil ik niet.'

'Waarom niet?'

'Keepen is stom.'

Even bleef het stil. Toen stond André op.

'Cola?'

'Graag.'

Op straat fietsten kinderen voorbij. De meesten in kleine groepjes. Jongens met jongens en meisjes met meisjes.

'Alsjeblieft.'

De prik was eruit. Kwam dit soms uit dezelfde fles als vorige week? Zou kunnen. Die ouwe dronk zelf natuurlijk geen cola.

'Ik ben vroeger keeper geweest,' zei André, bijna alsof hij het niet durfde te zeggen.

Shit, dacht Rick. Ik heb net gezegd dat ik keepen stom vond. Maar hij zei niks. Dat maakte het misschien juist erger.

'Eerst stond ik ook in het veld, rechtsbuiten, maar dat was niks voor mij. En toen moest ik een keer keepen en meteen wist ik het. Ik ben een keeper.' Hij wachtte even. 'Ik speelde bij Noordvogels. Jarenlang. En later zelfs nog een tijdje bij Elinkwijk. Lang geleden. Honderd jaar geleden.' André ging voorzichtig weer zitten. Er kraakte iets in zijn knie. 'Mijn doel was net mijn huisje. Ik voelde me veilig tussen die palen.'

Rick keek hem aan. Dat heb ik ook, dacht hij. Maar ik wil het niet.

'Maar als je niet wilt, dan wil je niet. Je moet zoveel mogelijk doen wat je leuk vindt. Zit er nog prik in die cola?'

'Gaat wel.'

'Niet dus.' Er klonk een rochelend lachje. 'Ik zal een nieuwe fles kopen. Of blikjes. Dat is beter. Dan heb je elke keer een verse.'

Kan je vrienden zijn met iemand die misschien wel zestig of zeventig jaar ouder is, vroeg Rick zich af. Misschien kon dat.

'Daar is je vader al.'

De genadeklap

Wat doet een opkomende middenvelder eigenlijk? En de hangende spits? Die twee vragen gonsden door Ricks hoofd terwijl hij kris kras over het hele veld als een bezetene achter de bal aan rende. Alle andere jongens leken precies te weten wat ze moesten doen: ze kleefden zich vast aan een tegenstander, stormden naar voren of namen ergens in het achterveld een positie in. Hoe wisten ze dat? Wie had ze dat verteld en wanneer?

Weer leek het een complot: iedereen wist iets wat hij niet wist.

'Terugzakken Rick, terugzakken,' brulde Ben. Of: 'Dek dat gat, dek dat gat!'

De eerste helft ging redelijk. Niet dat hij iets goed deed, maar er waren geen grote blunders. Twee keer raakte hij de bal. De eerste keer hard tegen zijn rug, wat pijn deed, en de tweede keer gaf hij de bal een wilde trap die toevallig over een paar GFC'ers heen naar voren vloog. Niet dat het een echte voorzet was, want er stond niemand, maar het was de goeie kant op en er kwam dan ook geen commentaar. Ze gingen de rust in met een één-twee achterstand. Ben toonde zich redelijk tevreden.

'Het gaat veel beter dan de vorige keer, jongens, veel beter. Mooie goal, Vincent. Martijn en Rick, hou je positie. Hou je aan je taak, ga niet als een dolle achter die bal aan rennen.

Matthias, je moet vrij lopen. Je moet zorgen dat je vrij loopt.'
'Ik word niet aangespeeld,' gilde de spits. 'Ik krijg geen bal. Er is niemand die me lanceert. Het middenveld is niet goed. Er zit geen opbouw in. Ik moet worden aangespeeld.'
'Hou je mond,' zei Ben rustig. 'Ik ben de trainer, ik zeg wel wat er moet gebeuren.' Hij wenkte Rick en nam hem even apart.
'Luister. Je doet je best. Dat zie ik. Maar er zit nog geen richting in. Je weet nog niet wat je aan het doen bent. Als we aanvallen is het jouw taak om Matthias aan te spelen. Geef 'm diep. Of geef 'm hoog vóór. Als we echt in het strafschopgebied van G F C zijn, kan je zelf ook positie kiezen. Dan mag je zelf scoren. Oké?'
Rick knikte, maar het duizelde hem. Waar ging dat allemaal over? Zelf scoren? Ja zeg, hij wou niets liever.
Ook het begin van de tweede helft ging niet zo slecht. Ze kregen wel vrij snel nog een goal tegen, maar niet lang daarna scoorde Vincent nog een keer, na een prachtige solo. Langs de kant werd er driftig gejuicht. Rick zag hoe zijn vader met zijn handen boven zijn hoofd stond te applaudisseren.
'Drie-twee! Kom op jongens! Kom op!'
Ongeveer vijf minuten voor het einde van de wedstrijd gebeurde het. Timo schoot vanuit het achterveld de bal langs de lijn naar Jasper, die nu linksvoor stond. Die nam de bal helemaal mee naar de cornervlag, kapte een tegenstander uit, schoof een paar meter terug en gaf met rechts hoog vóór. Daar stond Matthias, bijna recht voor de goal. Hij sprong en maakte een kopbeweging, maar kwam niet hoog genoeg. De bal schoot over iedereen heen.
Rick stond anderhalve meter verwijderd van een leeg doel

toen de bal voor zijn voeten kwam. De keeper stond bij de andere paal en alle verdedigers stonden daar omheen gegroepeerd. Het doel was leeg, de bal lag stil, het was maar anderhalve meter.

In de verte klonk een brul van Ben en een schreeuw van zijn vader.

Even voelde Rick een siddering. Het leek alsof hij het niet zelf was. Het leek alsof hij stond te kijken naar die jongen die daar een niet te missen kans had op de gelijkmaker. Zijn lichaam deed het ook vanzelf, als in een impuls: het leunde iets terug, haalde uit en... schopte naast de bal.

Ernaast!

Het was een zwaai in de lucht, in het niets.

En toen was daar de keeper die zich op de bal liet vallen. Klemvast!

Het werd Rick zwart voor de ogen. Een gejoel, gebrul, geschreeuw steeg op. Hij hoorde het nauwelijks. Als vanzelf zakte hij op de grond en sloot zijn ogen. Dit was de genade-klap. Dit kon je niet missen. Hij had 'm er bijna in kunnen blazen!

Ik word beter, je zal het zien

Het was slecht weer de volgende dag. Echt een dag om binnen te blijven. Dat deed Rick dan ook graag. Hij was vroeg wakker, voordat zijn ouders opstonden, en werkte nog even aan zijn tekening van Jasmijn. Hij wilde alleen tekenen als ze hem niet zagen. Hij wist wat er anders zou gebeuren. Hij hoorde ze al roepen hoe geweldig hij dat kon en dat hij daar mee verder moest gaan en zo. Ze zouden dat alleen maar zeggen om hem van voetbal af te krijgen.

Hij veranderde nog wat aan het haar en de neus, en probeerde toen nog een keer de ogen.

Nee, niet goed. Waren ze te groot? Was dat het? Of had ze ze wat meer dicht? Waarom leken die ogen nou toch niet?

Toen hij zijn moeder hoorde opstaan, borg hij zijn tekenspullen weg en zette zijn playstation aan. Alsof hij al de hele tijd aan het spelen was geweest.

'Kom je zo ontbijten?'

'Ik kom.'

Toen hij beneden kwam voelde hij meteen dat er iets was. Zijn vader en moeder vielen stil op het moment dat hij binnen kwam. Blijkbaar hadden ze het ergens over. Ja ja. Ze waren zeker bezig met hun complot.

'Wat voor ei wil je, Rick?' vroeg zijn moeder.

'Roerei,' antwoordde hij.

'Spek erbij?'

'Graag, mam.'

Zijn moeder vertrok naar de keuken. Vader nam een slok koffie. God, wat keek die man ernstig. Niet normaal meer. 'Jongen,' sprak hij toen met zachte stem. 'Laat ik het precies zo zeggen als het is.' Hij viel even stil. Hier was geen lucht om naar te kijken, dus staarde hij in zijn koffie. 'Ik vind dat je van voetbal af moet gaan.'

Rick staarde hem aan. Zie wel. Dat was het. Natuurlijk. Hij moest van voetbal af.

'Ik kan het niet aanzien. Ik zie je worstelen en vechten en ik heb daar veel bewondering voor. Maar je bent geen goeie voetballer en ik denk dat je dat ook nooit zal worden. Hou er nou mee op. Je hebt zoveel andere talenten.'

'Dus ik moet eraf?'

'Dat zeg ik niet. Ik zeg niet dat het moet. Ik vraag het je. Ik raad het je aan. Ik raad je aan om eraf te gaan.

'Maar dat mocht toch niet? Je zei dat ik het minstens een jaar moest volhouden. We hebben pas twee wedstrijden gespeeld.'

'Grote god, ik zie toch hoe de andere jongens op je schelden en ik zie toch hoeveel pijn je dat doet!'

'Schaam je je voor me?'

'Nee.' Vader keek op. Zijn ogen schoten vuur. 'Nee. Ik schaam me niet. Helemaal niet. Ik ben eerder trots op zoveel moed. Je bent zo dapper. Dat ziet iedereen. Maar...' Hij viel stil en het was alsof hij inzakte, alsof zijn schouders een stuk naar beneden schoven. Hij zat er opeens bij alsof hij een oude man was. 'Mijn hart breekt,' stamelde hij.

Rick pakte een boterham. Gewoon. Om iets te doen te hebben. Hij pakte de boter en begon te smeren. Wat erg om je vader zo te zien. Maar moest hij dan stoppen voor zijn vader? Omdat zijn vader er niet meer tegen kon?

'Ik begrijp iets niet, pap. Jij zegt altijd dat je moet doorzetten. Dat iets niet meteen lukt. Nooit. Dat je altijd eerst iets moet overwinnen. En nu wil je dat ik ophou, na twee wedstrijden?'

Er kwam geen antwoord. Zijn vader zat daar, als die oude man. Zo nu en dan nam hij een slokje van zijn koffie. Hij haalde zijn schouders op en liet ze weer zakken. Toen hief hij een hand en legde die weer in zijn schoot. Het was alsof hij iets wilde zeggen, maar niet wist wat.

'Ik wil dit jaar gewoon blijven voetballen,' zei Rick rustig. 'Ik ga oefenen. Ik word beter. Je zal het zien. Het was deze wedstrijd toch al minder slecht dan vorige week?'

Moeder kwam binnen met de koekenpan.

'Roerei,' zei ze.

'Hij wil het toch blijven proberen,' zei vader moedeloos.

Moeder bleef staan, de koekenpan roerloos in de lucht. Geen van tweeën bewoog. Het was net een foto, vond Rick. Of het zou een tekening kunnen zijn. Hij keek ernaar en wist dat hij dat plaatje nooit meer zou vergeten. Een prachtige tekening. Misschien straks even een schets maken, dacht hij.

'Kom maar niet meer kijken, pap. Misschien is dat beter. Als je d'r niet tegen kan.'

Jasmijn is gek op...

Hij voelde een vreemd soort kracht. Zo bang en onzeker als hij was op het voetbalveld, zo sterk was Rick nu thuis. Hij was trots op wat hij gezegd had tegen zijn vader. Dat was toch sterk? En hij was rustig gebleven. Hij was niet gaan schreeuwen of roepen of huilen. Dat was heel goed.

Zondags was hij meestal alleen. Er belde wel eens een vriendje op om te spelen en dan ging hij ook wel, maar zelf belde hij nooit. Waarom eigenlijk niet? Hij wist het niet. Hij zat op zijn kamer wat te tekenen en te playstationnen. Hij keek beneden even tv.

'Bel Ernst nou weer eens. Daar heb je al zo lang niet mee gespeeld. En Joris. Bel Joris,' zei zijn moeder. Maar Rick schudde zijn hoofd.

En tot dat moment was het eigenlijk wel een lekkere zondag. Tot dat moment.

Het was een uur of vijf. Hij zat toevallig net weer met de tekening, die ene stomme tekening die hij waarschijnlijk nooit af zou krijgen. En toen riep zijn vader hem vanaf onder aan de trap.

'Rick!'

Rick schoof de tekening in zijn map en deed zijn deur open.

'Wat is er?'

'De buren komen zo even iets drinken.'

Het was een gewone zin, die wel eens vaker uitgesproken was. En altijd was Rick er blij van geworden, maar nu niet. O god nee. In een fractie van een seconde sloeg zijn hart op hol, steeg het bloed naar zijn hoofd en begon hij te zweten op zijn rug. De buren? Nu? Jasmijn!

'Kom je zo beneden?'

Wat moest hij zeggen? Nee, ik kom niet want ik wil Jasmijn nooit meer zien?

'Ik kom,' riep hij.

Beneden zette hij de tv aan.

Het duurde nog twintig minuten voordat ze kwamen. Uit zijn ooghoek zag hij ze in optocht langs het huis lopen, naar de achterdeur: Jasmijn, haar vader en moeder en haar zusje Sophie. Jasmijn ging voorop.

Rick kromp ineen. Hij hoorde hoe het gezelschap door de bijkeuken naar binnen kwam. Er werd gegroet, gekust en gelachen.

'Hallo Rick.'

'Hallo Jasmijn.' Hij hield zijn blik strak op de televisie gericht. Motorrijders hingen in de bochten en schuurden met hun knieën bijna over de grond.

'Vet. Motors.' Jasmijn ging op de bank zitten en keek mee.

Wat zou ze nu denken, vroeg Rick zich af. Shit, ik moet bij die *loser* op bezoek, die kluns die voor geen meter kan voetballen? Vast.

Sophie van drie kwam de kamer binnen en ging bij haar oudere zus zitten. 'Raceauto!' zei ze en ze wees op de televisie.

'Het zijn motors, Sophie,' verbeterde Jasmijn.

'Rick, kom je even goeiedag zeggen?'

Hij stond op. 'Hallo Allard, hallo Vera,' zei hij tegen Jasmijns ouders.

'Hallo Rick.'

Zijn vader maakte een fles wijn open en schonk de glazen vol. Al snel waren ze hard aan het praten en lachen.

'Zullen we anders even naar boven gaan?' vroeg Jasmijn, toen de motorrace was afgelopen.

Wat moest hij zeggen? Nee, ik wil niet? Ik wil niet met je naar boven? Hij was het juist die altijd met haar naar boven wilde. Om even alleen met haar te zijn. Hij wilde dat altijd. Gelukkig ging Sophie ook mee. Rick deed verstoppertje met haar, terwijl Jasmijn op msn zat. Zo ging het goed. Zo hoefde hij niet te praten. Zo kwamen ze de tijd wel door. Hij deed vreselijk zijn best het meisje te vermaken.

'Heb je dat FIFA 2005 spel nog?' vroeg Jasmijn, toen ze opeens geen zin meer had achter de computer te zitten.

Rick schrok. Shit. Het voetbalspel. Hij wilde het niet over voetbal hebben. Alsjeblieft niet.

'Ik weet niet waar het ligt,' loog hij.

'Zullen we even zoeken?'

Ze zochten FIFA 2005 en vonden het. Natuurlijk. Het lag gewoon op het stapeltje playstationspellen.

'Doe je mee?'

'Ik heb niet zo'n zin,' zei hij. 'Ik ben even met Sophie aan het spelen.'

Jasmijn keek hem onderzoekend aan. Opeens wilde hij liever met haar kleine zusje spelen? Het werd steeds erger. Behalve dat hij de slechtste voetballer van de wereld was, ging hij opeens ook heel kinderachtig doen. Het was tenminste wel duidelijk nu. Hij zou nooit een kans maken bij Jasmijn. Hij was gewoon haar stuntelige buurjongetje waar ze zich mee moest vermaken als haar ouders bij de zijne borrelden.

Wel een uur speelde hij met de kleine Sophie, tot hij er helemaal gek van werd. Het meisje vond het prachtig. Ze hing steeds om zijn nek en kraaide van plezier.

Toen werden ze naar beneden geroepen voor het eten. Het was bord op schoot want de vaders wilden naar sport kijken. Voetbal. Natuurlijk. Hoorde dat ook bij het complot? Moest alles de hele dag over voetbal gaan? Zaten ze hem te pesten of zo?

Gelukkig zei niemand iets over Rick en zijn voetbalavonturen. Er werd niet naar gevraagd en er werd niks over gezegd. Gelukkig, gelukkig, gelukkig.

Nu had hij tijd om stiekem naar Jasmijn te kijken. Naar haar ogen. Wat was het geheim van die ogen? Ze deed er iets mee. Het was alsof ze steeds bewogen, een beetje samenknepen om daarna weer wijd open te gaan. Het was maar een heel klein beetje, maar zoiets was het. Die ogen leefden. Kon je dat pakken in een tekening?

'Die keeper is vet,' zei de mond onder die ogen opeens, toen ze naar Ajax aan het kijken waren.

Haar vader lachte. 'Onze Jasmijn is gek op keepers,' zei hij. 'Ze kijkt altijd mee naar het voetbal voor de keepers.'

Rick keek op. Wat zei hij daar?

Veilig in het doel

'Rick, wat doe jij hier? Je hebt vandaag toch geen training?'
Het leek wel of André nog heser was geworden. Zijn stem klonk als ruis op de radio. 'Ik wil even met je praten', zei Rick. Hij was speciaal met de fiets naar André's huis gekomen. Er was nieuwe cola. Rick kreeg een klein blikje. Het prikte in zijn keel. 'Als het niet genoeg is, heb ik nog meer. Ik heb er twaalf. Ik neem er zelf ook één, denk ik. Waarom niet?'
Een oude man die cola drinkt, dacht Rick. Goh.
'Proost.'
'Proost.'
Ze zaten samen bij het raam, dronken cola en keken naar buiten. Dat is dus het leven van André, dacht Rick. Naar buiten kijken wie er langs komt en cola halen voor een jongen die soms op bezoek is. Misschien is het ook voor hem goed om iets te doen. Om te doen wat ik hem wil vragen. Dan heeft hij iets.
'Vertel het eens, jongen.'
Rick rechtte zijn rug, schraapte zijn keel. 'Ik wil keeper worden.'
Even kon hij de cola horen sissen in de blikjes.
'Je wilt keeper worden?'
'Ja.'

André zweeg. Hij lachte niet, glimlachte zelfs niet. Hij keek vreselijk ernstig.

'En nou wil ik jou vragen of je me wilt helpen,' ging Rick verder. 'Of je het me wilt leren. Jij weet toch alles van keepen?'

André nam zorgvuldig een slok uit zijn blikje. Hij sloot er zelfs even zijn ogen bij. Na de slok klonk een kleine zucht.

'Ach jongen toch,' zei hij. 'Gewoon een paar tips. Meer niet.'

André stond op en liep een stukje de kamer in. 'Gewoon een paar tips. Nee, zo werkt dat niet.'

Rick keek de oude man verwachtingsvol aan. Het was toch een goed idee? Ze wilden toch dat hij ophield met voetballen?

'Waarom wil je dat opeens?'

Rick aarzelde. Moest hij het eerlijk zeggen?

'Ik word nooit een goeie voetballer. Ik kan niet hard lopen. Ik wil keeper zijn. Ik voel me veilig in het doel. Tussen die palen. Net als jij.'

André ging weer zitten. Hij nam een slok cola en staarde naar buiten. 'Ik kan je niet een paar tips geven. Je kunt niet leren keepen van een paar tips. En ik ben te oud en te moe om je trainer te zijn. Dat gaat echt niet meer. Het spijt me.'

Rick zweeg. Hij voelde dat er nog meer kwam.

'Ik wil nooit meer iets met voetbal te maken hebben. Dat hoofdstuk is voor mij afgesloten.'

De man keek steeds ernstiger. Wat was er aan de hand? Rick aarzelde. Moest hij verder vragen? Hij besloot van niet.

'Oké,' zei hij. 'Jammer.' Hij dronk zijn blikje leeg en zette het op de vensterbank.

'Nog een?'

'Graag.'

André stond op en schuifelde naar de keuken. Rick hoorde hem rommelen. Hij liet iets vallen en vloekte. Toen keerde hij terug, met twee nieuwe blikjes.

'Ik weet niet of ik je dat nou allemaal moet vertellen,' zei André. 'Je bent nog zo jong.'

Rick keek hem aan. Wat bedoelde hij?

Weer zo'n lange stilte. Als een aanloop. Rick zag dat André iets wilde gaan vertellen. Maar hij wachtte nog even. Rick wachtte met hem mee.

'Mijn vrouw heette Shirley, weet je dat? Zo'n mooie vrouw was het. Ze had Indisch bloed.' Hij wijst naar de messen aan de muur. 'Prachtig was ze. Ik was gek op d'r.'

Rick trok zijn tweede blikje open met een ploffende sisser en dronk. Zo'n eerste slok prikte het ergst.

'Maar ik was altijd bezig met voetbal. Voetbal, voetbal, voetbal.'

Hij zweeg weer.

Het was ongelofelijk stil in de kamer. Buiten kwam niemand langs. Het verkeer leek wel stilgelegd.

André liet zijn hoofd voorover zakken. Zijn kin rustte bijna op zijn borst. 'Het spijt me, jongen, ik kan je niet helpen. Ik vind het een goed idee dat je keeper wilt worden. Keepen is iets heel moois. Maar ik kan je niet helpen. Voetbal is voor mij voorbij.'

Ze zaten nog even in stilte en dronken de tweede blikjes leeg. Toen stond Rick op. André schuifelde met hem mee om hem uit te laten.

'Succes,' zegt hij raspend.

Rick draaide zich om. 'Ik wil keeper worden om Jasmijn,' zei hij.

De oude man glimlachte. 'O ja,' zei hij. 'Ja ja.'
Rick stapte op zijn fiets, zwaaide terwijl hij wegreed.
Begreep hij nou wat ik bedoelde? vroeg hij zich onderweg
af. Het leek wel of hij het begreep. Maar ja.

De vaste keeper

Rick was die dag al vroeg bij Noordvogels. Hij wachtte bij de ingang tot Rover er door zijn moeder afgezet werd.

'Rover!'

'Rickie.'

'Ik wil je iets vragen.'

'Wacht even. Hoe is het nou met die tekening?'

'Die komt. Ik ben nog bezig met de ogen. Die zijn nog niet goed. Maar luister nou even.'

'Ik luister.'

'Wil jij graag blijven keepen?'

'Wil ik graag blijven keepen? Ben jij gek? Het liefste zit ik op de bank.' Hij kijkt om zich heen en fluistert dan: 'Ik keep alleen maar omdat jij dat anders moet doen. Maar vertel het niet verder, anders moet je misschien toch nog.'

'Maar ik wil het.'

'Wat wil je?'

'Keepen. Ik heb erover nagedacht. Ik wil gaan keepen.'

Rover keek hem even verbluft aan en stak toen zijn duim in de lucht. 'Goed idee,' zei hij. 'Ik denk dat jij een geweldige keeper bent.'

Wat is het toch een rare, denkt Rick. Hij vraagt helemaal niet waarom ik opeens wil keepen. Niemand is zo als hij.

'Het maakt mij niet uit waar ik sta,' zei Rover. 'Dat weet je. Het liefst sta ik nog achter de bar.'

Samen liepen ze naar het trainingsveld. Ben stond al klaar en de meeste andere jongens waren er ook al. Rick liep meteen naar de trainer toe.

'Ben, als je het goed vindt wil ik toch keepen.'

De trainer keek hem verbaasd aan. Timo en Martijn luisterden mee.

'Hé jongens, Rick wil gaan keepen.'

'Rick gaat keepen.'

'We hebben een keeper!'

Ben keek hem serieus aan. 'Voor vast?'

'Ik wil het proberen.'

Er verscheen een lach op Bens gezicht. 'We hebben een vaste keeper, jongens.'

Gejuich klonk op en Rover zwaaide blij, alsof hij net de Europacup had gewonnen.

'Oké man.'

'Yo!'

'Gefeliciteerd.'

Ze zijn blij dat ik niet meer in de weg sta, dacht Rick. Laat maar. Ze zullen wel zien. Hij voelde zich weer net zo sterk en krachtig als zondag. Wat is dit toch, dat je van binnen voelt dat het goed zit? vroeg hij zich af. Waar komt zoiets vandaan?

Toen de andere jongens twee aan twee oefeningen gingen doen kwam Ben Rick apart trainen. Hij schoot de ene bal na de andere op hem af. De nieuwe keeper moest ze proberen klemvast te pakken.

'Goed zo. En klemvast. Niet bang zijn.'

Aan het eind van de training speelden ze een partijtje. Meestal deden ze dat met kleine goals en zonder keepers, nu ging het anders. Er werden twee juniorengoals gebruikt en in één daarvan stond Rick.

Veilig tussen de palen.

Het gaat best goed, vond hij. Nog niet geweldig, maar gewoon. Soms goed en soms minder. Zoals de andere jongens. Het belangrijkste was dat hij niet bang was om het verkeerd te doen. Hij deed zijn best. Klaar.

Toen zijn vader hem kwam ophalen was hij helemaal vrolijk.

'Rijen maar, pa!'

'Wat is er met jou?'

'Niks. Het ging gewoon lekker. Lekkere training.'

Zijn vader keek hem verbaasd aan. Rick deed of hij dat niet zag en zei niks. Hij wilde het nog even voor zichzelf houden. Zijn vader zou het zaterdag wel zien. Als hij mee wilde tenminste. Zaterdag keepte hij zijn eerste wedstrijd. Tegen IJsvogels E4. Uit.

Kom maar op jongens, kom maar op!

Uitlopen, Rick!

Die zaterdag zat zijn vader met een strak gezicht aan het ontbijt. Een beetje zielig, vond Rick. Toch zei hij niks. Ze hadden sinds het gesprek niet meer over voetbal gepraat.

Rick pakte zijn tas in en stapte bij zijn vader in de auto. Vanaf het verzamelpunt reden alle auto's achter elkaar aan richting IJsvogels. Vader deed de radio aan en luisterde naar een debat. Rick zat heel rustig naast hem. Rustig en ook opgewonden. Het was best spannend. Spannend en toch niet eng.

Heel diep verborgen voelde hij nog wel de oude wanhoop, die paniek die hij eerder had gevoeld. Zou ook dit helemaal mis kunnen gaan? Zou hij de slechtste keeper van de wereld kunnen zijn? Dat gevoel zat er nog wel, maar hij zette het van zich af. Twijfel en angst kon hij nu niet gebruiken.

FC IJsvogels lag maar een paar kilometer verwijderd van de Noordvogels. Een 'streekderby' had Ben het genoemd. Belangrijk dus. Toen ze aangekomen waren en in de richting van de kleedkamer liepen, voelde Rick al een andere sfeer dan vorige week. Of lag dat aan hem? Zijn vader zei niks. Merkte hij dan niet dat de jongens aardiger tegen Rick waren en gewoon met hem praatten?

De vaders gingen koffiedrinken terwijl de jongens zich gingen verkleden. In de kleedkamer spraken ze de tactiek door.

Rover had weer het hoogste woord. 'Volgens mij kunnen wij het beste meer doelpunten maken dan zij, want dan winnen we. Dat is een goeie tactiek.' Hij werd uitgelachen maar verdedigde zich. 'Dat zegt Johan Cruyff ook!' riep hij.

'Johan Cruyff is niet jullie trainer, dat ben ik,' zei Ben. 'En nou even je mond houden, Rover.'

De jongens zaten rustig op een rijtje toen Ben ze vertelde wat ze moesten doen. Ieder kreeg zijn eigen opdracht.

'Jasper. Blijf op links. Zorg dat je aanspeelbaar bent. Loop jezelf vrij!'

'Timo. Kijk altijd om. Zorg dat jij of Meeuwis laatste man staat. Laat er altijd iemand achter blijven.'

'Rick. Dit is je eerste keer als keeper. Wees niet bang om een fout te maken. Je gaat een fout maken. En wel meer dan één. Blijf rustig en concentreer je. En wees niet bang voor de bal. Oké?'

Rick knikte, net als alle anderen gedaan hadden na hun opdracht. Hij was rustig. En vastbesloten. Hij voelde zich sterk in zijn keeperskleding. De zachte stukken bij de knieën en de ellebogen en zijn keepershandschoenen voelden goed aan.

Zijn vader zag het pas toen ze het veld op liepen.

'Wat ga jij doen?'

'Dat zie je toch?' zei Rick met een lachje. 'Ik ben de keeper.' En hij holde zonder de reactie af te wachten naar zijn doel om zich door Timo en Meeuwis te laten inschieten.

Tien minuten later begon de wedstrijd. Ricks eerste balcontact liep niet goed af. Hij pakte de bal goed, maar schoot slecht uit waardoor een kleine IJsvogel met rood haar 'm vlak voor zijn voeten kreeg en meteen scoorde.

Eén-nul.

Niemand riep iets, niemand zei iets. Ze speelden gewoon verder.

Daarna ging het beter. Het tweede schot dat hij op zich af kreeg tikte hij naast. Een applausje klonk vanaf de zijkant.

'Goed gedaan, Rick,' hoorde hij Ben roepen.

De hoge bal uit de corner die erop volgde plukte hij zo uit de lucht. Prima. Het uittrappen was weer een probleem. Dat ging nog niet goed. Maar deze keer liep het beter af. Meeuwis was eerder bij de bal dan een IJsvogel en trapte 'm langs het lijntje naar voren. Daar stond Daan. Die nam de bal mee naar voren, gaf hoog voor, waar Matthias klaar stond. Die nam goed aan en bracht met een klein tikje de stand op één-één.

Yes!

Bij het teruglopen staken de jongens hun duim naar elkaar op en ook naar hun keeper. Rick wilde zijn vaders gezicht zien, maar hij keek niet. Hij wilde zich concentreren. Dat was het belangrijkste. Concentreren!

In de rust was het nog steeds één-één. Rick pakte een bidon met drinken aan en ging rustig bij de groep staan om te horen wat Ben te zeggen had.

'Het gaat helemaal niet slecht. Jullie worden elke vijf minuten beter. Zoek de ruimte op. En speel over. Niemand loopt harder als de bal, heeft Cruyff gezegd. En ik weet het, het is "harder dan" en niet " harder als", maar zo heeft-ie het gezegd. En hij heeft gelijk.'

Rover lachte: 'Als Cruyff zegt dat het "harder als" is, dan is dat zo. Want mijn vader zegt dat Cruyff god is en mijn vader heeft altijd gelijk.'

'Niet lullen maar voetballen, mannen,' zei Ben.

De scheids floot voor het begin van de tweede helft. Nog

steeds keek Rick niet naar zijn vader. Na de wedstrijd. Niet nu.

Die tweede helft was loeispannend. Bijna maakten ze een tweede goal, maar één van de *backs* van de IJsvogels kopte de bal van de lijn. Geloei klonk van de zijkant.

Daarna golfde het spel heen en weer en kregen beide teams hun kansen, maar werd er niet gescoord. Rick deed één mooie redding en had twee keer geluk: een bal op de paal en één op de lat.

Vijf minuten voor tijd brak de kleine rooie spits van de IJsvogels opeens uit en stormde met de bal in de richting van Ricks goal.

'Uitlopen Rick!' hoorde hij Ben brullen. Hij aarzelde geen seconde. Hij rende naar de spits toe, deed vlak voordat ze bij elkaar waren zijn ogen dicht en liet zich vallen terwijl hij armen en benen zo wijd mogelijk uitspreidde. In de val voelde hij van alles bonken en botsen en schaven. Maar toen hij weer opkrabbelde en doorkreeg wat voor, achter en onder en boven was zag hij dat hij de bal had tegengehouden.

Applaus en gejoel klonk vanaf de zijlijn en in het veld. Zelfs de tegenstanders klapten!

'Briljant, Rick. Geweldig!'

'Goed keep.'

'Bravo keeper.'

Jammer genoeg deed hij vlak voor tijd weer zo'n waardeloze uittrap, waardoor een IJsvogel de bal makkelijk kon intikken.

Shit shit shit. Twee-één.

'Niks aan te doen,' riep Ben. 'Gewoon doorgaan. Ga maar door.'

Het was nota bene Rover die tien seconden voor het laatste

68

fluitsignaal de wedstrijd toch nog in evenwicht bracht. Hij stond te jokeren voor de goal van de IJsvogels, toen de bal via zijn schouder in het net belandde.

Twee-twee!

De scheidsrechter blies af. Gelijkspel. Yes!

Toen ze naar het clubhuis terug liepen dacht Rick even dat hij André zag staan aan de overkant van het veld. Dat kon toch niet? Wat deed die daar nou?

'Iedereen naar de kleedkamer jongens. Douchen!'

Op de terugweg liet vader de radio uit en zat hij gezellig voor zich uit te fluiten. Rick zei niks. Het was gelukt.

Een magisch moment

'Rick, wil je even beneden komen? Er is iemand voor je.'
Hij had de hele ochtend zitten werken aan een grote tekening met voetballers. Dat bleek nog helemaal niet zo gemakkelijk. Hij wilde de spanning en de snelheid van het spel erin leggen en dat was lastig. De mannen langs de zijlijn waren zo klaar; Ben en zijn vader en nog een paar andere mannen. Maar de actie in het veld moest een paar keer over voordat het ergens op begon te lijken. En dan was het nog niet goed, niet echt. Een tekening was eigenlijk nooit klaar, besloot hij. Net op dat moment klonk de stem van zijn moeder.
Rick keek verbaasd op. Iemand voor hem? Jasmijn? Jammer dat ze de wedstrijd niet gezien had. Hoewel. Misschien moest ze nog maar even wachten. Hij kon nog veel beter worden.
'Wie is het?' riep hij hard.
'Kom nou maar even.'
Onder aan de trap stond André.
'Hé André,' riep Rick verbaasd. 'Wat doe jij hier?'
'Rick!' zei zijn moeder. 'Kan het iets beleefder?'
'Het is prima,' raspte André. 'Zo is het beleefd genoeg. Ik wou je wat vertellen jongen. Zin in een ommetje?'

Pas nadat ze een eindje gelopen hadden begon André te praten.

'Ik was gisteren bij de wedstrijd tegen IJsvogels.'

'Dus toch,' riep Rick uit. 'Ik dacht al dat ik je had gezien.'

'Ik wou je wel eens zien spelen. Of nou ja, keepen.'

Weer viel het stil. Rick werd er gek van. Het duurde hem veel te lang. Wat was er nou? Waarom was André naar hem toe gekomen?

'Ik ben vroeger zelf keeper geweest,' zei André eindelijk. 'En ook keeperstrainer.' Hij zweeg weer. 'Je vroeg me of ik je wil helpen,' vervolgde hij. 'Of ik je tips wil geven. Of ik je keeperstraining wil geven. Maar dat wou ik niet.' Weer zweeg hij. Hij bracht zijn hand naar zijn voorhoofd en deed heel even zijn ogen dicht. Een fractie van een seconde. Dicht en weer open. Toen keek hij Rick aan en zei: 'Maar ik wil het wel. Ik wil je graag helpen.'

Rick stopte zelfs even met ademhalen. Waarom dat moment zo magisch was, dat wist hij eigenlijk niet, maar magisch was het. Het was iets heel bijzonders wat André voorstelde. Dat voelde hij gewoon.

'Waarom...', begon hij.

André schudde licht zijn hoofd. 'Dat kan ik niet zo goed uitleggen.' Toen keek hij Rick aan. 'Je begrijpt het misschien toch wel. Misschien wel beter dan ik.'

Rick knikte. Hij voelde zich zo groot, sterk en volwassen, want hij begreep het. Niet dat hij het iemand uit zou kunnen leggen, maar hij voelde het. En dat was niet niks. Het had met leven en dood te maken en vooral met liefde. Liefde voor Shirley en liefde voor Jasmijn.

Daar had het allemaal mee te maken.

Goed zo, keeper!

Ze speelden om tien uur thuis tegen LVC E7, een zware tegenstander, zoals Ben al had gemeld over de telefoon. Het was de derde wedstrijd van Noordvogels E8.

Rick was er al om tien over negen. Hij was op de fiets vooruit gegaan, om zich rustig te kunnen verkleden en om een goeie *warming up* te kunnen doen, samen met Rover.

De dinsdag daarvoor had hij de eerste echte keeperstraining gehad en dat was niet meegevallen. André was streng. Zijn stem klonk helemaal niet meer hees. Integendeel. Hij bulderde over het veld. Was-ie daarom misschien zo hees geworden, van al dat schreeuwen vroeger?

'Hou je lichaam achter de bal! Zorg altijd dat je lichaam achter de bal is! Zodat-ie tegen je borst stuit als je 'm niet meteen klemvast hebt. Snap je dat?'

Rick had geknikt. Ja ja, hij snapte het.

'Komt-ieeeee.'

André had de ene bal na de andere naar hem toe geschoten. Allemaal over de grond. Door het midden, links, rechts, weer door het midden, en Rick had als een bezetene heen en weer gedraafd. Het zweet gutste van zijn voorhoofd. Zwaar werk dat keepen.

'Goed. Laten we even naar het uittrappen gaan. Dat is een probleem, hè? Het is niet zo moeilijk. Luister!'

Afgesproken was voorlopig elke dinsdag de speciale keeperstraining te doen, een dag voor de gewone training op woensdag. André had Ben gebeld en de zaak uitgelegd. Ben had het geweldig gevonden. Natuurlijk!

Meteen al bij die eerste training hadden ze alles doorgenomen: corners, een uitgebroken tegenstander, vrije trappen met een muurtje, stompen bij hoge ballen, penalty's. Het was niet te geloven wat een keeper allemaal moest leren. Het had Rick geduizeld, aan het eind van dat geweldige uur. 'Rustig maar. Het komt wel. Je hoeft het niet allemaal meteen te kunnen,' had André gezegd. Ze hadden bij hem een cola gedronken en nog wat tactiek doorgesproken. Toen had Rick zijn vader gebeld en die was hem komen halen.

De volgende dag hadden ze normaal getraind en nu was het zaterdag. De wedstrijd tegen L V C.

'Als je professional wordt en miljoenen verdient, dan doe ik ook nog wel de warming up met je,' zei Rover. 'Maar dan kost het honderd euro per tien minuten.'

'Afgesproken.'

Terwijl ze bezig waren op het oefenveldje kwamen één voor één de andere jongens het terrein op. De meesten bleven even staan kijken voordat ze zich gingen verkleden. Rick voelde zich machtig belangrijk.

'Briljante redding!' brulde Rover na elke actie. 'Goddelijk! Van der Sar kan zijn koffer gaan pakken!'

Toevallig toen Ben aan kwam lopen, deed Rick een geweldige duik naar de linkerhoek om net met zijn vingertoppen de bal via de paal uit te tikken.

'Woooow,' klonk het langs de lijn van de jongens die zich verkleed hadden en al weer terug waren.

'Doe je ze zo ook in de wedstrijd?' riep Ben.

'Ik zal het proberen, trainer,' antwoordde Rick serieus.

En hij stelde zich weer op voor het volgende schot.

Een half uurtje later begonnen ze aan de wedstrijd tegen LVC. Dat was een sterk team dat erg op de aanval speelde. De achterhoede en de keeper van de Noordvogels hadden het druk. Timo en Meeuwis liepen met rooie koppen heen en weer te draven en weg te werken, terwijl Rick de ene redding na de andere verrichtte. Het ging gewoon hartstikke goed! Bij elk schot stond hij precies waar hij moest staan. Hij trapte goed uit, liep goed uit, verkleinde op het perfecte moment de ruimte, noem maar op. Het was alsof hij nooit anders had gedaan.

'Prima, keeper!'

'Oké keepertje!'

Tussen zijn acties door zag hij zijn vader en André langs de rand van het veld naast elkaar staan. Soms zei de een iets, waarop de ander driftig knikte.

Toch was de eerste goal voor LVC. Een corner werd kort genomen en schuin vanaf de zijkant kwam niet eens zo'n harde bal. Rick kon hem alleen niet zo goed zien, want er stonden allemaal andere jongens voor. Hij dook te laat en zag de bal onder zich tussen de palen en in het net verdwijnen.

'Shit!' riep hij. 'Shit shit shit.'

'Niet erg,' brulde Ben. 'Gewoon doorgaan.'

Hij had gelijk, Rick wist het. In zijn ooghoek zag hij André waarschuwend zijn vinger opsteken. Ja ja. Dat was een belangrijke les geweest afgelopen dinsdag. Bij de cola hadden ze het gehad over fouten maken.

'Fouten maak je altijd. Iedereen doet dat. Maar hoe ga je met je fouten om? Daar gaat het over. Dat is het verschil tussen de een en de ander.'

Rick had goed geluisterd.

'Als je een fout maakt, dan moet je die accepteren. Oké, je hebt een fout gemaakt. Klaar. Niet meer aan denken. Verder gaan. Concentreren. Als je boos wordt op jezelf maak je makkelijk weer een fout. En dan word je nog bozer en maak je nog een fout en nog één en nog één. En dan ben je weg. Snap je dat?'

Rick snapte het.

Daarom ging hij nu ook door, zonder verder te denken aan die goal. Jammer dan. Verder. Concentreren!

In de rust stonden ze nog steeds met één-nul achter.

'Het gaat goed,' zei Ben. 'Erg goed. Ik ben trots op jullie. Het maakt me niet uit of we winnen of verliezen, jullie spelen prima voetbal. Heerlijk om naar te kijken. Ga zo door.'

Toen Rick zijn goal opzocht voor de tweede helft zag hij opeens Jasmijn langs lopen. Hij durfde haar niet in de ogen te kijken. Wist ze eigenlijk dat hij was gaan keepen? En kwam ze naar hem kijken of kwam ze voor Jim en Jesse?

Hij kwam erachter bij zijn eerste redding. Nadat hij een hoge corner het veld in had gestompt, hoorde hij haar boven alles uit.

'Oké, Rick! Goed zo!'

Rover, die vlakbij stond, lachte naar hem. 'Ze is er, jochie. O jee, o jee.'

Rick reageerde niet. Hij moest zich blijven concentreren, dat was het belangrijkste. Concentreren!

Ze verloren de wedstrijd met één-nul, maar hij was blij en tevreden.

En zijn vader was trots op 'm en dat zei hij ook. 'Ik ben trots op je, jongen,' zei hij wel vier keer!

'Ja pap, nou weet ik het wel,' zei Rick, toen er die vierde keer ook nog anderen bij stonden.

De beste keeper van de E

Het leek wel of Rick elke wedstrijd beter werd. Steviger, sneller, fanatieker. Hij trainde er ook hard voor. André en hij hadden geen dinsdag overgeslagen en vaak hadden ze nog een uurtje extra gepakt op een zondag of een vrijdagmiddag. André kwam elke wedstrijd op zaterdag kijken en dan spraken ze daarna samen alles door. Wat er goed was gegaan en wat niet. En op de zwakke punten oefenden ze de dinsdag erop weer. Rick werd nu zelfs gegroet door jongens uit de hogere elftallen.

'Hai Rick!'

'Rickie!'

'Hé keepertje.'

De laatste zaterdag voor de winterstop speelde E8 hun laatste wedstrijd tegen de IJsvogels thuis. Het was niet zo vreselijk belangrijk meer want L V C E7 was toch al winterkampioen. Die waren niet meer in te halen. Noordvogels stond heel mooi tweede.

Omdat ze vier punten vóór stonden op de IJsvogels maakte die laatste wedstrijd niet meer uit. Ook als ze verloren zouden ze nog tweede eindigen.

Toch was Rick, zoals altijd, samen met Rover eerder dan de anderen op de club. Zij deden altijd hun eigen *warming up*. Het leek of Rover het ook wat leuker was gaan vinden. Hij speelde inmiddels vast op het middenveld. Hij klaagde wel.

'Ik loop me helemaal een versuffing!' Maar hij deed zijn best en was ook behoorlijk goed geworden. Bovendien had hij een geheim wapen: als een tegenstander hem de bal afpakte, dan begon hij brullend en schreeuwend achter hem aan te rennen. Meestal schrok de jongen daar zo van dat hij de bal vergat, zodat Rover hem weer terug kon pakken. Hij had een paar keer op zijn donder gekregen van de scheidsrechter, maar meestal moest iedereen vreselijk lachen. Dan werd er maar een scheidsrechtersbal gegeven.

Die zaterdag vlak vóór de winterstop zouden ze om half elf spelen maar al vanaf kwart over negen stonden Rover en Rick op het trainingsveldje.

'Doe eerst maar een paar hoge ballen!'

'Ay ay sir.'

Na een paar hoge ballen, een paar penalty's en wat inswingende corners wilden ze aan de één-tegen-één-aanval beginnen, toen opeens Jim en Jesse eraan kwamen rennen.

'Rick! Rick! Je moet komen. Je moet met ons meedoen.'

'Hè? Wat?'

'Luister. Wij kunnen vandaag nog kampioen worden, als we winnen. Maar onze keep is ziek. Jij moet invallen.'

'Ik?' Rick keek de twee jongens stomverbaasd aan. Moest hij invallen in de E1? Maar hij zat in de E8! Van E8 naar E1?

'Het kan niet anders. Het moet. Jij bent na Kevin de beste keeper van de E. We hebben je nodig.'

Rover knikte. 'Ik was er al bang voor. Nu de E1, morgen Ajax, overmogen Real Madrid. We zijn je kwijt!'

Rick zei niks en bewoog niet. Het drong langzaam tot hem door. Hij moest invallen in de E1. De slechtste voetballer van de wereld werd gevraagd om mee te spelen in het team van Jim en Jesse. Op de dag dat ze winterkampioen konden worden. Dat moest een grap zijn.

Dat was het niet. De trainer van de E1 kwam er ook bij en maakte het officieel. Ben vroeg de keeper van de E3 voor de E8.

Tegen half elf verscheen Ricks vader en even later kwam ook André het terrein op wandelen. Ze hoorden van alle kanten het grote nieuws.

'Rick doet mee met E1!'

'Rick gaat keepen bij de E1!'

Rick zag de blik van verstandhouding tussen de twee mannen.

'Is dat nou wel verstandig?' zei vader.

'Zouden we dat nou wel doen?' vroeg André.

'Die twee zijn banger dan jij, Rick,' lachte Rover.

Concentratie! Concentratie!

De eerste die Rick aan de zijlijn zag staan was Jasmijn. Natuurlijk. Die was er ook. En ze had het grote nieuws duidelijk al gehoord.

'Rickie, Rickie!' riep ze en ze zwaaide met een zakdoekje.

'Zet'm op!'

'Rustig blijven, jongen,' sprak André. 'Gewoon doen wat je altijd doet. Rustig blijven. Concentreren. Niet bang zijn voor de bal. Ze zullen wel wat harder schieten dan je gewend bent, maar dat geeft niet. Verder is het precies hetzelfde.'

Rick zei niets. Concentratie was alles, dat wist hij.

Hij liet een paar ballen inschieten door de achterspelers van de E1, Robert en Friso, en stelde zich daarnaop. De scheidsrechter blies op zijn fluit en de wedstrijd begon.

'Oké jongens, kom op! Aanvallen!'

'Kom op, Noordvogels!'

De eerste bal die Rick kreeg leverde een angstig moment op. Het was een hard en onverwacht schot uit het zijveld. Hij had geen tijd om zijn lichaam er goed achter te brengen. Hij klauwde zijwaarts, maar de bal ontglipte hem en rolde verder. Als een tijger sprong hij erachteraan en liet zich er met een plof bovenop vallen.

Applaus vanaf de zijlijn.

'Rickieeeee!' hoorde hij Jasmijn weer.

'Keepertje!' riep een lange jongen uit de C.

Maar dat was allemaal ver weg, als uit een andere wereld. Het was alsof ze achter dik glas stonden. Zo moest dat ook. Hij wilde rustig blijven en zich concentreren.

De eerste helft verliep redelijk rustig. De Noordvogels vielen hard aan zodat de bal meestal op de helft van de tegenstander was. Rick stond een meter of acht, negen voor zijn doel, af te wachten. Soms moest hij even in actie komen, maar veel stelde het niet voor.

'Het gaat goed, jongens,' sprak trainer Erik in de rust. 'Maar we moeten scoren. Blijf die druk erop houden. Blijf die pressie uitoefenen.'

De tweede helft verliep in het begin ongeveer net als de eerste. De Noordvogels vielen aan, afgewisseld met *counters* van hun tegenstander. Vaak werden die door de *backs* afgestopt, maar één keer glipte een kleine donkere jongen erdoor en kwam op Rick af. Zonder een moment te aarzelen rende Rick op zijn tegenstander af en liet zich dwars voor hem op de grond vallen. Zo stopte hij de bal, waarna hij hem met zijn rechterhand een tikkie opzij kon geven. Daar stond Friso die overnam.

Weer applaus van de zijlijn.

'Ik ben zijn zaakwaarnemer!' gilde Rover. 'En ik wil minstens twintig procent.'

Een lachsalvo volgde.

Rick keek even naar zijn vader en André. Die stonden zwijgend naast elkaar met hun handen in de zakken. Van hun gezichten was niets af te lezen.

Tien minuten voor het einde maakten de Noordvogels het verlossende doelpunt. Nu was het Jesse die het voorbereidende werk deed. Hij brak door op links, schoot door naar binnen en leek zelf te gaan scoren. Maar onverwacht en op het laatste moment haakte hij de bal terug naar een meter of vijf vóór de goal, waar zijn broer Jim vrij stond. Die schoot hard en onhoudbaar in de rechterhoek.

'Nóóóórdvóóógèèèèèls!' klonk het uit de keel van de jongen uit de C, gevolgd door applaus en gejuich om het hele veld. Er stonden inmiddels aardig wat mensen te kijken: vaders en moeders van de spelers, maar ook andere mensen van de club en een paar vrouwen van achter de bar. Het begon al een hele *happening* te worden.

Na het doelpunt sloeg de wedstrijd om en werden de Noordvogels diep in de verdediging gedrongen. Rick kreeg het druk. Er kwamen verschillende schoten op het doel, maar erg moeilijk waren die niet en hij maakte geen fouten. Het leek allemaal de goeie kant op te gaan, totdat er een paar minuten vóór tijd een corner kwam.

Alle spelers van beide teams krioelden voor het doel van de Noordvogels, behalve de andere keeper en de speler die de corner nam. Het was een enorm geduw en getrek. De emoties begonnen aardig op te lopen.

'Blijf van me af!'

'Scheids, hij trekt aan mijn shirt!'

Het hoofd koel houden, rustig blijven, prentte Rick zichzelf in. Dit waren de momenten om fouten te maken.

'Doorgaan,' riep de scheidsrechter en hij blies op zijn fluitje. 'Corner nemen!'

De bal werd hoog vóór getrokken en kromde in de richting van de verre paal. Rick sprong en klauwde ernaar maar hij kwam niet hoog genoeg. Shit! Hij viel achterover en kegelde daarbij een paar medespelers en tegenstanders om. Hij krabbelde ogenblikkelijk overeind, en zag nog net hoe Robert bij de verre paal in een reflex de bal met zijn hand opzij sloeg. Naast!

Een scherp fluitje klonk.

Shit. Daar was geen twijfel over mogelijk. Penalty!

Doe het, je kan het, kill!

Alle jongens van E1 keken naar hun invalkeeper, maar niemand zei iets. Zelfs Rover hield zijn mond. Iedereen wist hoe het zat. Een penalty stoppen? Hoe vaak lukte dat? Eén op de tien keer?

Plotseling was het heel erg stil op veld 2 van de Noordvogels. Een penalty tegen en dan ook nog ongeveer een minuut voor tijd. Als die erin ging werden ze geen kampioen. En dat werden ze dus wel als...

Diepe stilte.

Rick deed nog even niets. Hij keek om zich heen, alsof hij goed wou voelen waar hij was. Hij keek naar de scheidsrechter die de bal op de stip legde. En hij keek naar de middenvelder van de tegenstanders die naar voren kwam. In het veld was die niet erg opvallend geweest, maar het was duidelijk: hij zou die penalty nemen.

'Rick,' zei Rover zacht achter het doel. 'Doe het. Je kan het. Kill!'

Rick keek verbaasd. Hoe kwam die daar nou opeens? Kijk nou, alle spelers van de E8 stonden daar. Waren ze al klaar met hun wedstrijd?

'We zijn iets eerder opgehouden,' riep Vincent. 'Om jou te zien!'

Eerder opgehouden? Hoe kon dat nou? Ho. Wacht. Nu niet over nadenken. Concentreren. Bal, penalty, tegenstander, kampioenschap. Dat was alles waar hij nu aan mocht denken. Concentreren!

Die penalty. Wat ging hij doen?

Net wou hij daar over beslissen, toen hij plotseling in zijn ooghoek de stille figuur naast zijn vader zag bewegen. André kwam naar hem toe lopen, met grote passen. Hij liep om de hoek van het veld en beende in de richting van het doel van de Noordvogels waar Rick stond. Die liep ook een paar passen naar hem toe. De scheidsrechter had nog niet gefloten, nu kon het nog.

'Rick.' André leunde voorover naar hem toe en bracht zijn mond tot vlak bij zijn oor. 'Ik ken de vader van die jongen. Die de penalty gaat nemen. Ik ken die vent van vroeger. Dit moet een zoon van 'm zijn. Hij lijkt sprekend op 'm.'

Rick keek zijn leermeester verbaasd aan. Wat had dat ermee te maken? Wat had hij daar nou aan?

'Die vader nam ook altijd alle penalty's,' fluisterde de oude man hees. 'En die schoot ze altijd in de linkerbovenhoek. Altijd. Je kan het erop gokken.'

Rick keek André aan. Hij had gelijk. Hij kon het gokken. Hij moest toch gokken.

Heel rustig stelde hij zich op, precies midden tussen de palen, een stap voor de lijn.

Doodse stilte.

Rick knikte naar de scheidsrechter.

Het fluitje klonk.

De middenvelder deed drie passen naar achteren, sprintte toen kort en snel naar voren, trok zijn rechterbeen naar achteren en...

Rick dook naar de linkerhoek, met alle kracht en snelheid die hij in zich had. Als in een flits zag hij daar iets door de lucht zweven. Hij graaide ernaar, strekte zich, duwde zich ernaartoe. Hij voelde even iets tegen de toppen van zijn vingers slaan, alsof hij een tikje kreeg. Daarna sloeg hij tegen de grond. Helemaal fout gevallen, helemaal fout, schoot het door hem heen in een moment van immense stilte.

Die gedachte verdween toen er een enorm gebrul opsteeg. Wat was dat voor geschreeuw? Gejuich! Wie? Wie? Waren het de Noordvogels? Was het gelukt?

Van alle kanten vielen de spelers van de E1 op en over hem heen. Wel tien, twaalf handen grepen hem beet en trokken hem van de grond. Ze hieven hem omhoog, zwierden hem door de lucht. Rick wist niet meer wat voor, achter, onder of boven was. Het was alsof hij zweefde, alsof er geen zwaartekracht meer bestond.

'Keepertjèèèèè!' De stem van Rover sloeg finaal over.

Toen hij weer op de grond werd gezet en het gebrul en geschreeuw een beetje minder was geworden keek hij in het lachende gezicht van Jasmijn. Zij stond recht voor hem en keek hem aan met ogen die schitterden, straalden en fonkelden.

En opeens wist Rick het. Opeens wist hij hoe hij die ogen tekenen kon. Alsof er licht uit kwam. Dat was het geheim: er kwam licht uit!

De ogen van Jasmijn

Die maandag stond Rick op het schoolplein tegen de muur geleund. Hij at een boterham en keek naar de lucht. Mooi eigenlijk, die vogels daar boven. Wat moest het heerlijk zijn om te kunnen vliegen!

Iets van hem verwijderd stonden Jasmijn en Jim te praten. Wat ze zeiden kon Rick niet verstaan, wel zag hij dat ze het over hem hadden. Jim stak zijn hand op en Jasmijn lachte.

'Wat heb jij op je brood?' Opeens stond Rover naast hem.

'Kaviaar?'

'Worst. Boterhamworst.'

'Dat vind ik zo mooi aan je. Je bent zo gewoon gebleven.'

Rick keek zijn vriend aan. Waar had-ie het over?

'Ik heb weer pindakaas. Waarom krijg ik toch altijd pindakaas mee?' Hij pakte een boterham, hapte er in en kauwde.

'Waarom moeten we eigenlijk eten? Stom gedoe.'

'Heb je die euro bij je?' vroeg Rick.

'Welke euro?'

'Voor de tekening.'

Rover fronsde zijn wenkbrauwen. 'Waar heb je het over?'

'Hierover.' Rick haalde zijn tekenmap uit zijn tas en klapte hem open. 'Je had toch iets bij me besteld?'

Rover keek met open mond naar het papier dat voor hem gehouden werd.

'Wauw! Niet te geloven. Die ogen! Het lijkt wel of ze licht geven. Hoe doe je dat?'

Hij had het zo hard geroepen dat de kinderen om hen heen opkeken. Een aantal kwam kijken wat er te zien was.

'Zo hé.'

'Goed zeg.'

'Die ogen!'

Al snel stond er een heel groepje om Rick en Rover heen. Die had inmiddels de tekening overgenomen en liet hem aan iedereen zien. 'Moet je kijken! Die gast kan echt goed tekenen. Jasmijn! Kom eens kijken,' riep hij. 'Ik heb je gekocht voor aan de muur.'

Rick kreeg een rood hoofd. Shit nee. Niet Jasmijn! Maar het was al te laat. Zijn buurmeisje kwam aanlopen, keek en staarde naar wat ze zag. Ze zei niets.

Op dat moment ging de bel.

'Geef maar even,' zei Rick tegen Rover en hij nam de tekening weer over. 'Je hebt nog niet betaald. Je krijgt 'm pas als je betaald hebt.' Toen hij zijn tekenmap dichtdeed keek hij even op en trof hij die ogen, die lichtgevende ogen.

Haye van der Heyden over *Gered!*

Beste lezer,

Eigenlijk was ik helemaal niet zo'n voetballiefhebber. Ik vond het best leuk om de uitslagen te horen en de hoogtepunten te zien, maar zo'n hele wedstrijd uitzitten, waarbij ze de bal steeds alleen maar rondspelen, hartstikke saai eigenlijk. Maar ja, toen kreeg ik twee zoons en die wilden op voetbal. En dan ga je mee als vader. Op zaterdagmorgen heel vroeg, in de stromende regen, met ijskoude wind. In het begin vond ik er niet veel aan. Maar toen gingen mijn jongens schaarbewegingen maken en doelpunten soren en tegenstanders uit dollen. Ja, toen kreeg ik de smaak te pakken. Vijf jaar ben ik voetbalvader geweest en toen wilden ze niet meer. Ze moesten op een gegeven moment drie keer in de week trainen en dan werd er ook nog de hele tijd tegen ze geschreeuwd en zo. Toen zeiden: 'Pap, we kappen d'r mee.' Ik gaf ze groot gelijk. Het moet wel leuk blijven. Toch? Nu zitten ze op breakdancen. Doen ze ook allerlei schaarbewegingen. En voor mij is het wel lekker, want het is binnen.

Hartelijke groet van Haye